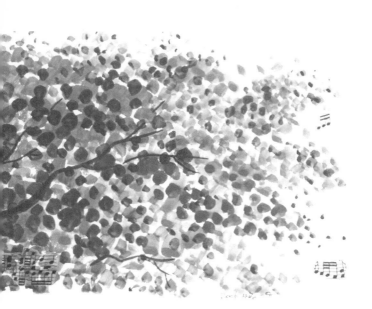

〈詩香〉 동인 사화집

시의 향기

도서출판 신인류

시·향·동·인·시·화·집

시의향기

2006년 12월 30일 초판 인쇄/2007년 1월 5일 초판 발행

발행처 : 도서출판 신인류

발행인 : 임화순

주　소 : 서울시 노원구 상계동 429-21호

전　화 : 02-938-5828/02-932-3537(팩스)

등　록 : 1989년 9월 18일 제 22-1424호

진　행 : 출판기획 넓은마당

표지일러스트 :　사공우

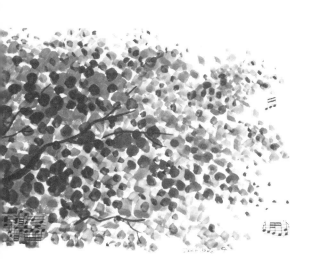

〈詩香〉 동인 사화집

시의 향기

시의향기 〈시향〉 동인 사화집 ····················

시의향기 〈시향〉 동인 사화집 ......

시의향기 〈시향〉 동인 사화집 ⋯⋯⋯⋯⋯⋯

동인지 〈시의 향기〉발간을 축하하면서…

　가을이 시작되는 좋은 계절에 시향의 동인지 〈시의 향기〉 발간을 축하하는 글을 쓰게 되어 나 개인의 영광이자, 문학의 방인 시향 동인지 발간이 한없이 반갑고 자랑스럽습니다.

　오늘, 시향 문학이 이처럼 크나큰 발전을 하고 창작문학 활동이 폭넓게 성장하는 데는 박소향 시인의 열정이 고스란히 묻어나오는 보배 같은 동인 시집으로 그 빛을 더하고 있습니다.

　그리고 한결같이 힘을 실어준 동인 회원의 뒷받침이 있었기에 오늘과 같은 결실의 꿈을 성취했다고 봅니다. 그러므로 동인 모두가 이 기쁨의 주인공입니다.
　그리고 동인들의 역작으로 모둠 된 〈시의 향기〉를 앞에 놓고 잠시 생각해보는 시간을 갖는 것도 좋을듯하여 다음과 같은 나름의 생각을 펴보입니다.
　굳이 이 지면을 빌려 시 창작에 대한 문학적 의미나 시인의 사명감에 대하여는 차치하더라도, 모든 시의 발상은 시인 각자가 체험의 기반 위에서 가변성을 갖는 언어표현의 기법이라고 봅니다.

또한, 시 창작은 삶의 본질에 대한 자기 추구이며 상상력의 존재를 남에게 알리는 고단한 창작활동이며 그것이 곧 좋은 시를 만들 기회의 지름길이라고 생각합니다.

더 나아가 시인은 삶에 대한 접근방법을 다양하게 해야 한다는 것을 명심해야 합니다.
그렇지 못하면 결국 자기체험의 본질인 관념과 비유가 퇴색되고 그 시의 생명은 죽어가고 있기 때문입니다.

바람 한 줌, 들꽃 한 송이, 빗방울 한가락의 소리에도 귀 기울이는 시인이 되어야 합니다. 또한, 시인은 간단하고 쉬운 상상력과의 싸움에서 이기는 것보다 뼈를 깎는 어렵고 험난한 상상력과의 싸움에서 패배함으로써, 비로소 큰 시인으로 성장할 수 있다고 생각합니다.

끝으로 동인지 〈시의 향기〉 발간을 진심으로 축하하며 시향 문학이 더 크고 알차게 성장하여 우리 문단의 소중한 한자리를 우뚝 차지하였으며 참으로 좋겠습니다.
꼭, 그렇게 되도록 동인 모두가 더욱 큰 힘을 합하여 그 꿈을 성취하도록 합시다. 감사합니다.

박 종 영

축하 글

시를 생각하는 마음들이 모여서
시향 동인지로 태어났습니다.
한 편의 시로 만났기에
오래도록 아름다운 만남이 되겠지요.
시향에 모인 시들이 사람들의 마음속에
고운 향기로 남기를 빕니다.

최 옥

장미예찬 / 박종영

늘 허망한 가슴에
붉은 흔적으로 젖어와
이 밤 내밀하게 풀리는 율동이
고요의 방을 가득 채운다

나로 하여금 오래 웃게 하고
들뜨게 곱다운 색의 조화로 안겨와
유월의 하늘이 둥둥 혼돈이다

날세운 가시 드세어
가끔은 아름답게 찔리기를 소원해도
아련히 스미는 기쁨 넘치게
그리운 향기 만져보면

나직이 들려오는
뒤란의 안식으로 성장한
붉은 꽃잎의 신음소리,
훈훈하게
가슴 데우는 그대의 힘은 누구인가?

개망초 소묘 / 박종영

어느 시절은
꽃다운 추억을 데려오다가
어느 날은
주눅이 들어 오금 못 펴고
달아나는 꽃

그리움 안고오는 노란 웃음은
배고픔 달래줄
계란 꽃이라지

어쨌거나
한철,
푸대접이 귀하게 들리는구나

그리운 밤의 습관이다 / 박종영

자유로운 시간의 성곽을 쌓아놓고
그 안에 숨어
가끔 절정의 시절을 기다릴 때가 있다

그때마다 기교스런 마음을 빌려
그 은밀한 절정을 달래려는 것도
뜨거운 몸을 추스르는
그리운 밤의 습관이다

지루한 봄날에
지는 꽃잎처럼 슬프게 울고 싶을 때나
환희의 소리를 내는 것,
그 또한 신선한 밤을 함께한
뒤척임을 흉내 내는 것이다

절묘한 시간은 언제든지
원시의 본능을 탓하면서도
후회하지는 않는다
우리는 참 이상하다

기쁨 / 박종영

반야사 가는 길
노랑머리 물봉선 연둣빛 꽃술은
시집갈 처녀 웃음같이

감물 장삼 걸치고
정화 보살 스적스적 걸어가는 소리
청춘이 울고 가는 소리

큰 법당 백일기도 살얼음 스치듯
소복여인 단속곳 밑으로
풍경소리 몰래 스며들고

크고작은 번뇌 밀어내는 향화(香華)
부처의 인자한 웃음이
보드라운 손 잡으며
어둔 세상 일으켜 세우고

■ 박종영 --

(목포시 거주)
문예사조등단작가, 시향 동인
한국시사랑문인협회 정회원
시사문단 작가, 대한문인협회 고문
(사)창작문학예술인협의회 정회원
홈페이지;시인의 마을 "유달산" (http://mpok113.com/)

내가 빛나는 이유 / 최 옥

당신에 대한 기억은
늘 까맣다

세상으로부터
분리되고 싶을 때
당신이 드리운
까만 휘장 속에서
나는 얼마나 빛났던가

당신에 대한 그리움은
아무것도 볼 수 없고
보이지도 않던 까만색

하루가 지나면
또 한걸음 멀어진 듯
눈앞이 까마득해졌다
당신이 멀어질수록
나는 더 밝게 빛나는 법을
배웠지

당신에 대한 그리움만이
내 삶의 배경
힘들고 지치면 숨어서
세상을 까맣게 잊어버리는 곳

너의 의미 / 최 옥

흐르는 물 위에도
스쳐가는 바람에게도
너는
지워지지 않는
발자국을 남긴다

한때는 니가 있어
아무도 볼 수 없는 걸
나는 볼 수 있었지

이제는 니가 없어
누구나 볼 수 있는 걸
나는 볼 수가 없다

내 삶보다 더 많이
널 사랑한 적은 없지만
너보다 더 많이
삶을 사랑한 적도 없다

아아, 찰나의 시간 속에
무한을 심을 줄 아는 너

수시로
내 삶을 흔드는
설렁줄 같은 너는, 너는

존재하는 것만으로 충분합니다 / 최 옥

바람은 나뭇잎을 흔들고
옷자락을 펄럭이고
담벼락을 툭툭 치며
자기가 거기 있음을 말합니다

그대도 그러합니다
한 번도 잎을 떨구지 않은
내 영혼의 푸른 가지가 흔들릴 때
그대가 내 안에 있음을 압니다

그대는 결코
엷어질 수 없는 빛깔
얇아질 수 없는 두께를 가진

아아, 이름 하나로
나의 날들이 기쁨에 겨웁습니다

존재하는 것만으로도
오늘 밤 그대와 나의 추억은
한 페이지가 더 늘었습니다

부를 수 없는 이름 / 최 옥

어쩌면 너는
내 앞에서 잠시 눈뜨고 간
서러운 꽃잎이었는지 모른다

혼자서 왔던 길, 혼자서 돌아갈 길을
바람속에 감춰두고

그렇게 너는 잠시 다가와서
내 어둠을 밝혔는지 모른다

널 바라보며 잠 못들고 뒤척일 때
어쩌면 너는 내가 지칠 새벽을
조용히 기다렸는지 모른다

니가 하고 싶었던, 내가 듣고 싶었던
말들을 끝내 하얗게 눈물로 날리고

어쩌면 너는
내가 하염없이 붙잡고 놓지 못할
견고한 문이 되었는지도 모른다.

■ 최 옥 --

경남 하동에서 태어나 통영에서 자랐으며
1992년 월간 [시와 비평] 신인상으로 문단에 나왔다.
현재 한국 시인협회 회원이며
부산 시인협회, 문인협회, 카톨릭문인협회 회원으로 활동중.
시집 [엄마의 잠] [한사람을 위한 기도] [내가 빛나는 이유]

인연의 悲 / 강태민

공덕이 첨탑에 쌓이길
하늘을 찌른다 하는 말 참말인가요

공덕이 맴돌다 갈 곳을 잃어
빈 가지 슬픔에 걸린 것 아니었나요

인연은
천만년 맺고 맺어도 한갓 모래알!

눈물은 때 없이 흘리고 흘려도
공력에 쌓이지 않는다는 걸 모르셨나요

무효랍니다

암은요

한갓 인연을 얻고자
배반한 윤리가 흘리는 눈물은 무효랍니다

배반의 윤리가 공덕에 쌓일 날이면
황천길보단 편했지만 천당 길 보다는 훨씬 거친
그런,
번뇌의 이승길을 나는 걸었습니다

차가운 풍경의 비극적 각본이 전부인 생!

양심이 없는데
눈물은 흘려서 무엇 쓰겠습니까

두렵습니다

암은요

한갓 모순을 얻고자
서글픈 윤리로 흘리는 눈물은 두렵습니다

그런,
서글픈 공덕이
나의 인연으로 머물까
참으로 두렵습니다.

아흔 여섯 방울의 눈물 / 강태민

나는 먼 곳에서 너를 지켜보고 있었다
너에게 내 모습 들키지 않길 바라면서
나는 먼 곳에서 너를 몹시 그리워하고 있었다

바람이,
바람이 내가 서있는 숲의 나뭇잎새를
술렁술렁 흔들어놓고 있었다

지나간 나의 모든 이야기가 갑작스레 낯설다
그리고 세상에서 내가 가장 작고 초라하게 여겨진다

너와 함께하고픈 이 내 마음이여!
이것만이 진실이라고, 살아있음이라고 느껴지는데
하지만 너는 나를 모른다
밤새운 아흔 여섯 방울의 눈물로 서있는 나를
너는 모른다

나는 갈수록 너를 사랑하는데
나는 점점 더 깊은 숲 속으로 몸을 숨기는데
네가 내 모습을 어서 빨리 찾아내주길 기대하면서도
내 발걸음은 나도 모르게 내 뜻을 배반한다

언뜻, 너의 집 하얀 나무창문 흰 커튼 사이로
너의 모습이 스치듯 지나간다

아주 가끔
이런 식으로 나는 너를 만나고 있지

숲 속의 작은 새처럼
단 하나의 숲밖에는 알지 못하는
그것만이 모든 세계인줄로만 아는 아주 어린 새처럼

지금 내 영혼은
너의 사랑이라는 숲에 갇혀버린 채
아흔 여섯 방울의 눈물로
가만히 서있다

이젠 거두어 주십시오 / 강태민

아직 다 살아보지 못한 짧은 생
유창한 풍년의 가을 낙엽 같은 생애를
당신이 이젠 거두어 주십시오

당신을 위해 한없이 지새우던 불면의 밤도
부족한 면려의 가당치않은 수고도
가진 자의 쇠북을
아부로 피하려는 고단한 웃음도
이젠, 당신이 거두어 주십시오

참담한 고통의 수렁에
어림없는 용기로 버텨온 서글픈 생
풍요로운 가을마저 두려웠노라 겁을 내던
더 이상 성숙해질 수 없는
초라한 지성의 건방진 청탁을
당신이 이젠
거두어 주십시오

꿈꾸던 푸른 파도는 일찍이 없고
사막의 식은 모래알만 입안 가득하던 날
뜨겁던 첫여름의 기억은 이미 사라지고
닭 울던 새벽
서글픈 안개만 뿌려지던 날

진실은 언제나 어긋나기만 하고
오해엔 항상
압도되기만 하는

허기진 생의 졸렬한 청탁을
당신이,
당신이 이젠 거두어 주십시오

쓰라린 치욕
산산이 찢겨버린 자존심
진귀한 유황불에 나를 태우고 태워도
이 몸은
다 태우지 못한 분노뿐이니

낡아진 정렬에
허기진 사념만 가진 못난 생을
이젠, 당신이
거두어 주십시오

너를 잊어주기까지 나는 꿈속에서도 울었다.

/ 강태민

우울한 샹송이 달빛에 걸려
떠나지 못하는 밤
나는 울었다

흐르는 시간이 한 쪽에 고여
유리창 밑으로 죽은 듯이 허무한
망각의 달빛
단지 나는 24시간 잠들지 못하는
발가벗은 넋이었을 뿐

철없는 가슴에도 귀 기울이던
열정의 피 빛 심장은
눈물처럼 떨어졌다

천 마디 말보다
한마디의 말이
더 숨죽이게 그리웠던 날들

코스모스가 핀 길들은
어느새 먼 과거의 기억처럼
아득히 떠다닌다.

가슴의 문을 부수고
맨발로 걸어오던
가난한 사랑아

자유로운 호흡 속에
구름처럼 떠다니던
생명의 날들아

우울한 샹송이
달빛에 걸려 떠나지 못하는 밤
나는 울었다

■ 강태민 --

1962년 서울 산, 시인/시조시인/수필가, 월간 한맥문학 작가,
세계한민족작가연합 회원, 국제펜클럽한국본부 회원,
문화예술전문 컬처뉴스 리포터, 한국민족예술인총연합 회원,
문학바탕연구소 소장, 전)한국시사랑문인협회 이사,
전)월간 시사문단 편집주간, 전)계간 「서시」 편집국장,
전)스토리문학 이사, 한맥문학가협회 회원,
윤동주문학사상선양회 회원, 한맥문학 동인, 시사랑 동인,
시향 동인 천상병문학제 베스트셀러상 수상,
시집 〈저는 제가 꽃인 줄 모르고 피었습니다〉,
공동시집 〈시인〉 외 다수.
홈 http://my.netian.com/~daumofking/

매미 / 英雲 이서윤

작열하는 태양이
수없이 거듭난 운명을 휘감는 한 낮

땅속 헤집는 아귀처럼
달려드는 아우성은
녹색 그늘을 산산이 찢어 놓고
잘게 부서진 볕은
파편처럼 여기저기 흩어져
바람이 지나는 길마저 가로 막는다.

찌르르 찌이르르
세상을 향한 처절한 울부짖음은
타는 갈증에 야속한 미련으로 남아
여름의 발목 붙잡으면
표정 없이 걷던 걸음 멈추고
젖은 시선으로 돌아본다.

수액마저 말라비틀어진 등껍질 속
속절없이 불어 주는 바람의 위로가
몽글몽글한 땀 식히면
굳어진 몸은 또 다시 변신을 꿈꾼다.

또 다른 내일을 위해

반딧불 / 英雲 이서윤

칠흑 같은 어둠 깔린 마을
라이트 불빛 속에 빨려드는
상큼함 밤 풍경과 시골 내음

빼곡히 자리한 사람들 사이
아이들 소근 거림이
밤 공기타고 메아리 되어 퍼지면
낚싯대에 매달린 전자 찌는
고기들이 몸을 비틀 때마다 움찔한다.

술 취한 아저씨의 장난에
바람도 놀라 물 위에서 휘청이면
장승처럼 서 있던 옥수수가
근엄하게 수염 쓸어내리며 너털웃음 짓고,

전자 찌는 붕어에게
장대높이뛰기 하자며 유혹해
수면위로 뛰어 오른 붕어는
허공 속에서 추억 한 줌을 잡는다.

겨울의 안부 / 英雲 이서윤

부드러운 속살 감추기 위해
두터운 외투 겹겹이 껴입은 체
깊은 겨울잠에 빠진 그대

거친 바람 불어와 흔들어도
휴업중인 심장은 두문불출
아무런 반응이 없었고

초콜릿 같은 키스처럼
얼음 녹이는 겨울비가
촉촉이 적셔주면
부시시한 옷 매우새 다듬고
노곤한 기지개를 켠다.

숙연한 안개 속에
부푼 가슴 잠재우고
조용히 당신 맞을 채비한다.

환한 미소 머금고
화사한 옷 갈아입고 오실
당신에게 겨울의 안부를 전한다.

기다림 / 英雲 이서윤

귓볼 간지럽히듯
사랑한다 속삭이던 바람

돌아온단 기약 없이 떠난
그 어느 날
붉게 타오르던 태양은
숯덩이처럼 식어 버렸고
아프고 쓰린 마음
풀어 놓을 수 없는 상념의 밤은
허공 속을 맴돌고 있네요.

해일처럼 휩쓸고 떠난 그대여

기다림은
철지난 백사장 휘몰아치는
적막되어 한없이 몸부림치며
뒤척이는 이 밤
그대 내게 주었던 약속 버리고
다른 가슴 속 더듬는다 한들
그 허무를 다 채울 수 있을까

■ 이서윤 李抒倫 (英雲.영운) ------------------------------

생년월일;1967년 1월 20일(음)
2005. 계간대한문학세계 봄호 시부문 등단
사단법인 창작문학예술인협의회 정회원
대한문인협회/경기지회/홍보국장, 시향 동인
이 메 일;seoyoon67@hanmail.net

잊을 수 없는 이름 / 이천수

잊으려다
잊지 못하는 이름이여
앞산 노을 질 때
그 이름 다시 한 번

밤비 내릴 때
다시 한 번 마음먹고
그리움에 먼 허공만이
잊을 수 없는 이름이여

잎 새 부는 바람 칼바람으로
심로한 가슴
행복 받아 드릴 제
먼하늘 덩그러니 무정에 축복을

성채 속 빛 발할 때
웃으며 반기던
이름 가진 님
어둠 올 때 다시 찾는 여인이여

홀생의 그늘에서 벗으리
사랑은 아픔인 것을
이제 사랑의 단 맛 속에
한시름 성숙하였네

사랑 / 이천수

사랑 하리오
그리며 그리는 마음으로
사랑하리다
아롱진 눈매의 꿈을

새싹 움 뜨는 기운 보태서
바라보며 사랑 하겠소
그대 몸짓하나 하나를
기다림의 사랑이 아닌 것으로

어둠이 나를 불러 세월속 풍화되고
몸 진토 될지라도
사랑의 가슴으로

님을 위하여 눈물짓지 아니하고
애뜻한 마음으로
님을 향하여 미소 지으리

뜰에 봄이 오면
님 불러 양지에 고이 모셔서
노래 한 소절 부르며
등불 밝혀 님에 앞길 비추고

사랑 하리오
발길을 님을 향하여
달빛에 입맞춤 속잎까지
사랑하게 하여 주오

동행 / 이천수

세월아
그림자 같은 세월아
청산에 갈 제
너 아니 잊어 주겠소

내 곁에 있음 인데
네 있음 모르듯이
떠난 듯 아니 떠난 듯
말없이 동행하는 너

세월 먹고 가는 길
왜 이리 더디 가뇨
슬픈 추억을 창공의 기쁨으로
하며 떠날 줄 모르고

가슴에 남아서
멀리마음 띄우는 너
지나는 세월
왜 이리 더디 오뇨

어이 탓하리 가는 세월을
한 움큼의 빛을 너에게 보태주리
기쁨으로 지나치리
흐름의 시간이여

인생 / 이천수

작은 잎 새 아스라이 매달려
가는 떨림으로
가만히 숨죽이고 되 뇌이고 있습니다

섫움에 미소 짓고
웃어야 하는 작은 잎새라
사랑했기에 무의 필림 속을 쳐다봅니다

작은행복 추구하며 아름다운 시절을 눈에 보이고
지나는 여린 눈길 뉘를 보던가
사랑했기에 멀리서 눈길 보내며

플라토닉의 사랑이었던가
님을 사랑했기에
돌아설까봐 말 한마디 못하고 눈길만

그리며 그리다 잎새 보며 눈물지며 님을
기다림의 시간은 멀기만 하고
서글픔 마음으로 매달리며 무의 필림을 새긴다오

■ 이천수 李天洙 (아호: 淸雲 / 법명: 慧性) - - - - - - - - - - - - - - - - - - -

  1957년 경기도 과천출생, 1976년 조선일보 문예지 시부분 입상
  1980년 경기도 도청년 청년회장 역임,
  능인불교대학교. 불교대학원 졸업. 불교경전 과정수료,
  현 강사로 활동. 시향 동인
  달무리속에 갇힌 사랑. 수상문. 시집 출간
  다음 카페(플래닛사랑) 시 문학 카페지 (cafe.daum.net/skyh2o)

가을을 기다리는 여자 / 윤병권

한 낮의 태양열이 작열하는 아스팔트 길 옆에
빼꼼이 고개를 내민 코스모스의 미소처럼
푸른 하늘 수놓고 다니는 흰 구름처럼
푸른 파도 넘실거리는 바다 위에 피어난 눈물 꽃처럼
가을이 오기를 애타게 기다리는 여인의 앞가슴처럼
파고드는 갈바람의 유혹을 뿌리치지 못하고
그리움에 지친 삶에서 벗어나고파 기다렸다는 듯이
가슴을 묻고 흐느끼기 시작한다.

지난날의 사랑은 파도에 부서져 깨어지고
물거품만 남기고간 그 사람을 못 잊어서
잔잔히 부서지는 파도소리에 그리움만 띄우네

가을이 오면 잃어버린 행복을 찾아 주겠다던 약속에
한 가닥 희망을 걸고 푸른 바다 앞에 서 있는 여자
푸른 파도를 타고 밀려오는 그리움으로 배를 채우며
가을이 오기를 기다리는 여자

전쟁놀이 / 윤병권

악마들이 우굴 거리는 거리마다
총탄에 맞은 영혼들로 휘청거린다.

온통 세상이 거꾸로 보인다
양면의 탈을 쓴 로봇들이
잘못된 삶의 늪에서 버둥거리며
자신들의 더러운 모습을 숨기려한다.

길이 아닌 길을 가면서도
오직 자기만의 욕망과 쾌락을
충족시키기 위하여
수단과 방법을 가리지 않는다.

다시는 돌아올 수 없는
머나 먼 강을 건너 놓고
수렁에 빠진 영혼을 원망하면서
하루하루를 힘들게 살아 간다.

이미 다 타 버린 몸뚱어리는
마지막 힘을 다하여 꺼져가는 생명에
불을 사른다.

지금이라도 늦지는 않았으니
무기를 버리고 투항하기 바란다.

우주를 삼킨 개구리 / 윤병권

암흑같이 캄캄한 동굴 속에서
많은 시간 동안 길을 잃고 방황을 하였다.
출구를 찾을 수 없는 땅속에서
병들고 지친 영혼과 육신을 소생시키기 위하여
앞이 보이지 않는 긴 터널을 걷고 뛰었다.

오직 밝은 빛을 찾기 위하여
끊어져 가는 생명줄을 부여잡고 마지막 사력을 다하였
다.
붉은 피가 펄 펄 끓는 용광로 속에서 잠을 자야 했고
검은 비가 쏟아지는 우주 공간에서
큰 소리로 외쳐보기도 하였다.

심장이 멎은 상태에서 무서운 악몽에 시달려야 했고
얼굴이 없는 사람에게 쫓기다가 뱀이 우글거리는
낭떠러지 밑으로 떨어져 앙상한 뼈만 남아서 깨어나니
커다란 개구리 등에 앉아 뱀을 먹고 있었다.

매일 같이 사람이 죽어나가는 나라에서는
오늘도 내일도 비상벨은 계속하여 울릴 것이다.

깨어나라 / 윤병권

어둠 속에
감춘 양면의 탈바가지
벗지 못하여
길이 아닌 길을 가고 있는 너

한 번 빠진 수렁에서
달콤한 여운 잊지 못하여
꽃향기 뿌리면서 새 집을 찾는 구나

어리석은 영혼이여
지는 해
다시 떠오르면
검은 속내 들어 날 텐데

서툰 배냇짓으로
하늘을 가리려 하니
이제는 감옥 속에 가둔 양심
깊은 잠에서 깨어나
바른 길을 가기를 바라노니

■ 윤병권 --

　(사)창작문학예술인협의회 정회원
　대한문인협회 서울지회장
　대한문학 황톳불 동인문학회 자문위원
　(사)창작문학예술인협의회 홍보위원장
　(사)창작문학예술인협의회 이사 , 시향 동인

어쩌란 말이냐 / 雲雨 이현식

한 구멍으로 나온
두 새끼를 등에 업고
젖 물려 잠재우려면

앞 엣 놈은 족하여
봉긋한 흰 무덤에 곤히 자고
뒤 엣 놈은
등 바람 서늘하여 잠 못 들다

앞 뒤 바꾸어
자라자라 하였더니
칭얼대던 의식(意識)은 자고
족하여 자던 본능(本能)이
눈 비비고 일어서니

앞 놈
뒷 놈 함께
재울길이 막막하여
이놈들은 한 배에서 나왔거늘
같이 자는 법이 없다 하고
팔자다 팔자로 돌려 버리면
두 녀석이 일시에 깨어나
아가리질 대책 없이 두들겨 패고

다리 뻗고 주저앉아
자지 않는 이놈들을
어쩌란 말이냐 하였다.

없으니 괴로운 것 / 雲雨 이현식

누렇게 기름 낀 목살은
생겨 처먹은 욕심
꿈틀대는 비개덩이엔
녹색이 보이지도 않는데
무더위는 청춘의 연유라며
끓어오르는 몸
푸르른 산을 타고 올라
바다에 싸 대고
펑퍼짐한 뱃살은 복에 겨워
깐죽이는 젓갈질로 발려내어
여름을 잊게 하라며
소름 돋도록 차가운 밀실에
기름기 하나 없는 청정한 젊음을 배설(湃設)하고
간사하게 길들여진 혓바닥으로 익숙히 농락하며
여름아 여름아 가지 말라 하였더니
관자놀이로 눈물 콧물 다 씹은 중생들은
적나라히 보이는
몸부림 땀의 결합에
마른 침 뱉아내며
불끈 솟은 아랫도리를 저주하다
여름은 차마 견디지 못 할
고통이라 하였으니
가라 가라 여름이여
세월을 원망하다
하얗게 멀어진 젊음을 훗날에 아쉬워
나는 청정하였다 변명하리니
여름은 괴로운 것이라 하였다.

어물전 / 雲雨 이현식

작열하는 태양
내가 사는 큰 바다
태평양의 그 것

질펀한 시장
바닥으로부터 끓어 오르는
비릿한 훈기는
동족들의 살 내음

멋지게 헤엄치고 싶어
팔 다리 휘두르니
온 몸에 차가운 통증 느껴진다

소스라쳐 둘러 본
옴짝도 할 수 없이 채워진 얼음 세상
혀 빼물고 누운 동무들의 주검이
여기저기 널려있다

두발로 걷는 짐승들
게걸스런 탐욕의 눈초리
비로소 알게 된 또 다른 세계

대양(大洋)에서 떠나있다는
현실을 직시(直示)한 순간부터
살 썩는 냄새와
난도질 되어지는
꿈을 볼 수 있었다

아득한 정신
놓지 않으려 부릅뜬 눈에
가득 들어 온 태양은
풀어진 달걀노른자

가물거리는 눈
뽀얗게
수증기 되어 흩어진 꿈과
비틀대며 쓰러지는
내 몸이 보인다.

■ 이현식 ---

아호 : 雲雨 닉 : 풀피리목동
1956년 서울 , 본적 : 서울 강남구 논현동
월간 문학세계 2006년 1월호 시부문 신인문학상
2006년3월 호남투데이 무진주문학상수상
2006년4월 아람문학 신인문학상수상
한국한비문학작가협회원, 월간한비문학작가,
한국사이버문학인협회원, 아람 문학문인협회회원,
서정문학문협회원, 시상문인협회원,
시인의세상초대작가 늘푸른문학회원 , 시향 동인
DAUM카페:
별 내리는 마을 수석운영자 (http://cafe.daum.net/comein3)
DAUM카페:詩와 술 그리고 장밋빛 인생 카페지기
(http://cafe.daum.net/talkaboutlife)
83년 장로회 총회신학교신학본과4년졸,
85년 서울선교신학연구원2년졸

새벽 / 雲雨 이현식

질편한 늪
잠긴 무릎
있지도 않은 길 찾아

고뇌 무성한 갈 숲
헤치고 나아가니

거머리 붙듯
발목 잡는
돌이키지도 못할
회오(悔汚)
떨쳐 버리고 무심(無心) 찾아
재촉하는 밤

먼 길
황량한 하늘엔
근심처럼 구름 걸린 달

꾸역꾸역 그림자 밟고
십리(十里)에도 못 미쳐
코발트 빛
깨어지는 아침

취한 걸음
곤한 몸
빛 속으로 스러진다.

깊은 산 속 / 愛香 이효경

누구의 자리인가
흔적 남긴 계곡
이름 모를 사람들

맑은 웃음 흐려진 옹달샘
가슴 치는 새벽 토끼

삶의 터전 다 빼앗긴
숲 속 가족
어디로 가야하나
눈 비비며 하늘만 바라보네

무심한 구름은
두둥실 흰 옷 차려입고
말없이
먼저 길 떠난다.

■ 愛香 이효경 --------------------------------------

아호:愛香 , 닉:라헬의 샘
월간 한맥문학 2006년2월 詩당신外3편으로 등단
2006.3월 호남투데이 무진주문학상 수상
늘푸른문학회회원 ,한맥문학가협회원 , 한맥문학동인회원
시상문인회회원 , 시인의세상초대작가 , 시와글사랑문인협회원
서정문학회회원 , 시향 동인
전 브니엘어린이집원장 , 기독교샘물선교원장
daum cafe 별 내리는 마을 카페지기 주소:
http://cafe.daum.net/comein3

나팔꽃 / 愛香 이효경

바람 타고
날아들어

연약한 몸
뿌리 내리고

칭칭 감고
올라가는
개미허리지만

강한 비바람에도
꿋꿋하게
쓰러지지 않는 웃음

매력 넘치는
보조개
보는 이 가슴 사로잡는다.

거울 속에 비친 세월 / 愛香 이효경

무심히 든 거울 속
비친 낯선 얼굴
주름진 세월이 보인다.

무엇을 바라보고 달려 왔는지
뒤 돌아 보면
속절없는 한숨만
뽀얀 안개 되어 내 모습 흐려진다.

시간은
머물지 않는 철새처럼
바쁜 날개 짓으로 날아가고
쌓인 회한(悔恨)의 한설(寒雪)엔
빛바랜 젊음이 낙엽처럼 잠들어 있다.

살아있는 것들은
낡아지고
나목(裸木)처럼 야위는데

쇠잔(衰殘)한 육신
혼불(魂火)은 더욱 밝게 타올라
꽁꽁 얼어붙은 하늘에
보석처럼 박힌 별이 된다.

새벽 별 / 愛香 이효경

밤 그늘
우울한 하늘
계명성 밝아

서성이는 구름
허리 휜 달님
하늘엔 이름 모를 별들
숨바꼭질 하고

알 수 없는 길
걷는 나그네
밤 새 빛 뿌린 달
지쳐 쓰러지면

길 밝히는 북두칠성
지팡이 들고
아침 오기까지
꼬박 걷는
가난한 영혼 하나

새벽 별
맨발로 마중하는
아침이 밝아 온다.

그대의 섬에 / 윤정강

아침 바다를 만져주는 하늘은
언제나 그리움으로 떠있다

잔잔히 흐르는 구름 아래로
수평선은 애달픈 몸살에 일렁이고
물새 내디딘 발자욱 마다
그대 지어놓은 작은 섬에 가고 싶다.

입김처럼 하얗게 숨겨놓은 바람은
숲으로 빠져나가는
양분된 그리움이 지쳐있어
더 그리운 그대의 섬,

따사로운 창가에서
낙엽 하나 술잔에 채우며 우는
그대의 섬에
물새되어 날으고 싶다.

■ 윤정강   --

  현 대구시 거주
  문예사조 등단. 대구시주최 주부백일장 입상. 시향 동인
  대한문학인협회 회원. 시와그리움의마을 회원
  평화문단 동인. 중년의바다 편집위원

그리움 주는 사람 / 윤정강

이른 새벽에 눈울 뜨면
네가 옆에 있다.

문고리 달랑거리며
바람 이겨내는 창호지 뒤에
따스하게 떨리는 마음
문살처럼 그려주던 고마운 사람,

들꽃 피여있던 산마루에
명주 고름 풀어 헤집어 안기며
한잎 풀꽃으로 피여
다가서는 그 향기에 취 하였네.

그리움 주는 사람,
나는 너의 그리움이라 하며
밤 하늘의 별들을 헤어 보던 날,
잊을수는 없을거야, 아마,

그리움은 언제나 아름답습니다 / 윤정강

아이들처럼 순수하고
맑고 투명한
그런
그리움 이고 싶습니다.

유리알처럼 내 모두를 다 비추는
그러한
하늘이고 싶습니다.

허전하고
외로운 날에
작은 숲속
노래하는 산새들 처럼
아름다운 사랑이고 싶습니다.

어디에서도
찾을수 없는
내 작은 둥지의 따스한 기쁨이 담긴
소중한 그리움 이었음 좋겠습니다.

고마운 마음 언제나
가슴으로 받아 간직 합니다.

언덕에서 / 윤정강

절룩이며 견디어 온 세월은
나이테에 눈물을 감추어 두고
강 언덕에 높이 서있는
나무의 고독으로

흐르는 산골 물과
초록 향기 그윽한 새벽의 밀회는
꽃잎의 생살앓는 소리 들으며
몽정의 숲에서 야위어가는 달빛,

속절 없이 철썩이는 파도와
쓸쓸한 밀어에
별을 품은 밤 바다에 마음 쏟으며
계절의 언덕에서 눈 웃음 지으며
무채색으로 몸을푸는 꽃 망울을 보라

숲을 스치는 바람은
달빛이 엿듣는 언덕에 걸터앉아
미세한 전율의 태동을 안고
입덧 하는 꽃잎위에 보슬비로 젖는다.

당신이 봄이십니다 / 김민소

꽃처럼 예쁘다는 말
별처럼 눈부시다는 말
새처럼 비상한다는 그 말들이
당신 앞에선 무기력한걸 아시나요

향기가 진하기로 서야
어둠속에서 빛나기로 서야
창공을 높이 날기로 서야
당신의 마음만큼 하겠습니까

한 번도 멈춘 적이 없고
밤과 낮을 구별할 수 없고
천지의 높낮이를 잴 수 없이
밀려드는 사랑의 파고를 말입니다

산수유, 종다리, 시냇물이
봄을 달콤하게 알리기로 서야
당신의 향기만큼 하겠습니까

복사꽃보다 고혹한 당신인데
물푸레나무보다 푸른 당신인데
새벽별보다 부지런한 당신인데

어머니! 아시나요
이 봄이 당신을 닮은 것을요
당신이 봄이십니다.

5월을 드립니다 / 김민소

우리가 살아가는 일이
하늘을 보며 웃을 일 보다
땅을 보며 울 일이 많다 하여도
마음이란 밭에 꽃씨를 뿌려야 해요
그리고 정성이란 물을 주어요

삭풍을 홀로 이겨낸
숲 속의 제비꽃과 자작나무
바위섬의 등대와 조! 가비
저 강가의 가로등
그리고 빈 의자

그들의 사랑을
5월과 함께 드립니다
당신을 위해 빛을 뿜어내는
삶의 눈물겨운 조연들,
당신이 지켜주세요.

■ 김민소 --------------------------------------

정금선 잉글리댄스 연구소 기획실장
월간 문예사조 등단, 월간 신춘문예 작가협회 회원
한국 오늘의 작가모임 회원 , 한국 오늘의 작가모임 서울지회장
시향 동인
시집: 사랑도 커피처럼 리필 할 수 있다면 (청어)
공저: 사진속의 그대여(미래문화사) 달빛 호숫가(신춘문예출판사)
다음 카페;참 아름다운 동행(http://cafe.daum.net/minsokim)운영

바람의 말 / 김민소

일어나라
일어나 뛰어라

하 세월
허공에서
나뭇가지에서
땅속에서 울었던 나는

늑골이 부서져 내렸고
사지가 뒤틀리기도 했지만
침실에 오도카니 앉아
원망한 기억이 없다

살아가는 일은
미칠 정도로 빠졌다가
푸르게 푸르게 번식했다가
하나씩 벗어야 하는 것

기다리지 마라
머뭇거리지 말고 달려라
시간이 없다.

소중한 삶을 위해 / 김민소

그대여!
나약해질 때마다
아름다운 소멸을 떠 올리세요

반딧불, 종이배, 낙엽, 물방울
하루를 살아도 희망을 던지고 산화되는

가난하다고 느껴질수록
불행하다고 느껴질수록
자연을 찾아 길을 떠나보세요

흘려댄 땀방울이
때로는 물방울처럼
반딧불처럼 반짝거릴 때
그것이 가장 아름다운 미소입니다

삶은, 산다는 것은
매일 죽는 것, 매일 깨어나는 것
다시 깨어날 때 선물이라고 생각하세요
이 세상 누군가를 위해

행복을 배달하는 우체부가 되세요
사랑을 전달하는 메세지가 되세요
사랑으로, 감동으로, 전율하는 생을 위해

사랑의 세레나데 / 우남 전혜령

가슴에서 속삭이는
그대 향한 언어들
그대 아시는가
언어의 고갈을

사랑이란 본시
알록달록 알 수 없는
야릇한 형상
가슴에 가득 할 때
내꺼인 거 같다가도

혹여 먼 곳 바라보면
휘– 날아가 버릴 것 같은
가슴에 있는 듯
가슴에 없는 듯
영롱한 신기루

이렇게 비라도 내리는 날이면
그리움이 고개를 내밀어
'사랑한다' 라는 말로도
채울 수 없는 그대 향한 사랑

사랑이란
느낌으로 감흥 해야 하는
볼 수 없고 잡히는 않는
못갖춘마디
사랑의 세레나데

사랑하는 나의 사람아 / 우남 전혜령

사랑하는 나의 사람아
가슴에 쌓이는 말 못할 사연들
꽃처럼 보이면서 살자구나
있는 모습 이대로

세상사 뜻대로 되지 않아
속상하고 마음 아파도
입 꼬리 올라가게
웃으면 살자구나

정답 없는 여정 길
가파르고 험난해도
긍정적으로
좋은 생각만 하고 살자구나

신의 영역 침범은 못해도
우리 영역 소담스럽게
알콩 달콩 예쁘게
가꾸며 살자구나

이 꽃 저 꽃 살포시 내려앉는
수정 돕는 나비처럼
필요한 사람으로
즐겁게 행복하게 살자구나
사랑하는 나의 사람아

행복 / 우남 전혜령

그대에게 편지를 띄우고
우체통을 열어보며
그대 소식 기다립니다.

오랜 기다림으로
절망의 수첩이
한 줄 한 줄 채워져도
그대 내게 오신다는
희망으로 기다립니다.

슬픔이 내 대부분을 차지한
가슴 후벼 파는 고통의 시간이지만
그대 오실 설렘이 있기에
오늘도 기다립니다

내 삶의 무게가
너무 무거워
눈물이 강물처럼 흘러내려도

내게 느껴지는
감흥이 희미해져도

그대 기다림은
멈추지 않습니다

그대 내게 막차로 와서
영원히 머물러 있기를

바닷가 모래 위에 쓰여진 한마디 / 우남 전 혜령

바닷가 모래 위에
쓰여 진 한마디
"사랑해"

붉게 물든 저녁노을
은빛 물결 출렁이는 바다 위에
빨갛게 물들일 때

태양처럼 뜨거워진 가슴
그대 향한 내 사랑
내 그리움인 당신에게
겹겹이 쌓인
붉은 장미처럼
전하고 전해도
끝이 없습니다

■ 전 혜령(우남) ------------------------------------

　월간 시산문단에 등단
　한국 시사랑문인협회 정회원
　시사랑 동인, 시향 동인
　다음카페
　새벽이슬나라산책로(http://cafe.daum.net/jeunhl) 운영

정오(正午) / 전 온

성하(盛夏)의 축제
막바지에 이르면
툇마루 밑 누렁이
늘어진 오수(午睡)
바람 한 점 얼씬도 않는다.

무심한 하늘 우러러
상념은 실타래처럼 엉키고
시간은 늘어 질대로 늘어져
일상(日常)을 정지 시키면
가파른 한나절
땡볕아래 그냥 서 있다

무조건 항복해야 하는
적병(敵兵)의 비애(悲哀)
심각하게 삶을 갉아오면
이제, 서 있기도 버겁다

먼 산 너머
초점 잃은 시선으로
원군(援軍)을 기다리는
패잔병의 바램은
축제, 그 후폭풍을
비켜 가고 싶을 뿐

노랗게
뇌리(腦裏)를 비우고 있다.

無言歌 / 전 온

깊은 곳에서 음계를 타고 오는
微風일리야 없지만
흔들리는 가슴은
음률 에도 아리고
건드리면 터질듯 부풀어 올라
함지박 같은 표피
씌우고 덧대어
감동은 머리끝으로 솟는다.

어디까지 돌아가야 하나
세월을 거머쥐고
분량만큼의 회한에 빠져
언어로는 치유될 수 없는
중증의 향수를 앓는다.

음계를 넘나드는
영혼의 신음으로
푸른 오월을 연주하면
누가 그 심오한
노래를 부를 수 있을까

오월의 바람처럼
장미의 향기처럼
행적을 좇을 수없는 음률은
분명, 내 안에 맴돌아
언어를 상실한 감각의 빈터
넘치는 풍요를 쏟는다.

빗줄기 따라 / 전 온

봄을 누리 듯
하늘은 대지(大地)를 보듬고
운우(雲雨)의 정을 나누면
싱그러운 활력이
산하(山河)에 깃들어
잉태되는 축복이
가난한 마음에 쌓이고

그리움에 소름끼치던
외로움의 표피(表皮)를
눈물처럼 풀어 헤치고
안으로 녹아내리는
오월,

고독(孤獨)한 여정(旅程)
조물주(造物主)의 신비(神秘)로
이 마음 빈터에
내리는 축복(祝福)이여

오래도록 시선을 멈추고
쌓이고 쌓인
삶의 앙금들을
아낌없이 주저 없이
빗줄기에 흘려보낸다.

女人의 봄 / 전 온

完熟(완숙)한 것이 계절뿐이랴
영혼에 무르익는
주체 못할 그리움
하늘 가리고 남을 만큼
넘실거리면

꾀꼬리 구애(求愛)놀음에
눈물이 솟고
감추려
먼 하늘 바라보면
우수(憂愁) 밀려와
외로움을 달군다.

스물거리는 본능
추억을 더듬어
긴-긴 환상여행(幻想旅行) 꿈꾸다
풀잎 향기 쫓아 초원(草原)을 달리는
이제 멈출 수 없는
목마(木馬)가 되었다.

■ 전 온 (이파리) ---------------------------------------

   월간 시사문단 시부문 신인상수상, 시사문단 작가협회 회원
   월간 한맥문학 신인상 수상, 한맥문학 작가협회 회원
   한비문학 작가협회 회원, 빈 여백 동인
   한비문학 동인, 시향 동인
   제1회 시 사진전 전시회 (경방필 백화점)
   제1회 빈여백 동인지 (봄의 손짓) 발행
   한비문학 동인지 (시인과 사색) 1집 발행

아픈 사랑 / 무주 김성실

내안에 세상
당신은 첫 발을
들어섰습니다

당신은
내 세상을
당신의 세상으로
바꿔 놓았습니다

당신의 세상으로
바꿔놓은 당신은
참으로 아름다웠습니다

나의 세상을
당신의 향기로
덮어버린 당신을
사랑하고 싶습니다

나의 영혼을
사로잡은 당신
그러나 사랑은
너무나 아픕니다

사랑은
나를 울게 합니다
당신을 너무나 사랑하기에

愴(창)/ 무주 김성실

공허한 마음으로
당신을 그려 봅니다

가슴에 담고
보고 싶은 마음에
허공을 휘 저으며
손짓을 해 봅니다

당신의 환상 속에
그려보는 당신의 모습
이미 나의 영혼은
당신의 환상 속에
파묻혀 있는 것을 알았습니다

나의 외롭고 고독함은
이미 당신의 환상에
영혼 속 깊숙이 자리를 하고 있음을
나는 이미 깨달았습니다

나의 영혼은
이미 당신에 속해 있음을 말입니다

나는 당신에 영원한
연인이 되고 싶습니다

나에 영혼이 사라지는
그날까지 말입니다

죄인 / 무주 김성실

내가
어떻게
잘못을 하였나요

내가
당신을
미워했나요

아니에요
난 당신을
미워하지 않았어요

난 당신이
하자고 한대로 한
죄밖에 없어요

내 진정
죄가 있다면
당신을 사랑한
죄밖에 없어요

아무도
대신 할 수가
없음이기 에

엄니의 젖가슴 / 무주 김성실

그리움에
한껏 부푼 가슴을 안고
당신에게 달려갔습니다

당신의 모습은
참으로
아름다웠습니다

눈부신 당신의 모습
당신에 포근한
엄니 같은 가슴에
얼굴을 묻었습니다

당신은
나의 머리를 쓰다듬어 주며
안스러운 마음으로
이해와 사랑으로
안아주는 듯 했습니다

당신의 향기는
나의 영혼을
마비 시켰습니다

당신의 엄니 같은 품안에
향기를 맞으며
응석을 부렸습니다

애처로운 눈망울로
당신의 눈동자를 봐라보며
배고픔에
엄니의 젖가슴을
달래는 듯이 말입니다.

■ 김성실(무주) ---------------------------------------

    경남창원 (주) 일광건축 설비 건립 (대표)
    낙동강문학 詩,수필 신인문학상 수상
    한울문학 詩,부분 신인문학상 수상,시향 동인
    문학예술 교류진흥회 회원,
    낙동강문학 문인회원,낙동강문학 부회장 (현임)
    문학카페 http://cafe.daum.net/anwnrkdskfn (소장용)

석양 / 경대호

찌든 세상먼지로
붉게 물든 노을바다에 식어가는
저 해가
내일 아침, 달아오르는 열정의 해로
다시 떠오르리라는 믿음에
이 밤
벅차오르는 흥분으로
꿈속에 빠진다.

■ 경대호(慶大浩) --------------------------------------

　　푸른별 계간지 "시의 나라"/ 2000년 가을호 등단
　　기계엔지니어(건축기계설비기술사)
　　시집 "밤에도 풀은 초록이다" 시향 동인

그녀 / 경대호

그녀가 바뀌었다
피부를 한 꺼풀 벗기면
한 번 바뀌고
코를 세우니
또 한 번 바뀌고
무지개처럼 쌍꺼풀이 생기니
다른 사람이 되어 버렸다
얼굴이 바뀌니 생각도 바뀌고
마음도 바뀌나보다
눈 밑 주름 없애니
얼굴만 젊어 보일 뿐
목주름 나이는 속일 수 없는데
옛날의 그녀는 어데 가고
이젠
이름만 같은
연극배우를 보러간다.

사랑 / 경대호

내 아닌 몸
내 몸으로 착각하고
내 아닌 마음
내 마음으로 착각하는
시작은 함께하지만 마침은 혼자인, 그 진리
생각도 마음도 둘인 사실은 까맣게 잊고
착각 속에 사는 게
사랑입니다
사랑이란 뒤집어보는 마음
역지사지(易地思之)의 마음인데
둘이 하나인 것처럼 착시 속에 사는 거
사랑입니다.

젊은 날의 노트 / 경대호

살아온 나이테만큼 상처는 켜를 이루고
그 두께에 짓눌리는 아픔
그 상처 잘게 썰어 세월에 띄워 보내는
길은 책에 있지만
먼저 살다간 사람에게서 세상을 발견 한다
절벽을 흐르는 웅장한 폭포를 보고 감탄하기보다
무너미를 보고도 감동하는 마음으로
굴곡 진 세상에서 조화를 배운다
농부의 밭에 피어있는
작은 야생화도 그 밭의 주인이요
발에 차이는 작은 돌도 그 밭의 주인이다
내가 소유하는 것이 내 것이 아니고
이 세상의 모든 것이 자연으로부터 빌려
나누어 쓰이다가 언젠가는 이별의 슬픔 속에서
없었던 일처럼 잊혀진다는 사실을
일찍이 깨닫는다면
마음에 상처를 받는 일도
마음에 상처를 받을 일도 없으리.

고장난 시계 / 心田 이재복

오가는 버스 지는 꽃에 가시 돋아도
주름진 기다림은 가깝다 합니다
왜 왔다 가는지도 모르는 꽃은 향기 고운데
돌아보는 이 없고 굽은 허리만
그늘을 더 합니다
잡아 주고픈 손은 소매 속으로 숨고
따사로운 해 화만 내지요

미운 거 하나 없는 정거장에는
가만히 있어도 인정이 피고
거드는 이 없고 가꾸지 않아도 싹이 자랍니다
오늘도 오지 않는 버스

나리꽃 붉다 / 心田 이재복

달인 기러기 날 때면
허리 굽은 할머니 요람이던 무릎만 그립구나
곶감 아낀 시작 꿈이 길더니

磨 墨이 싫어도 저릇대가 虎 齒였네

귀하신 情 꽃 되어 붉힌 게 아깝고
한끝 여여 더니
따라오라 하심인지
장마철 더위도 남긴 정만 할까

뜨겁고 덥던걸

■ 이재복(心田) -

늘푸른문학회 감사
시/한맥문학 2004년 11월호 시 부문 신인상 등단, 시향 동인
당선작품명 / 빈수레, 뿌리깊은 나무, 향수, 허수아비, 또 하루

어머니 / 心田 이재복

빗물이 강을 지나 바다로 간다
썰물에 빈 바다
질죽한 개흙에 배를 깔아도
탁류에 흙물이 괴어도
낮아서 깊은 저 먼바다
해풍에 부서지는 하얀 물거품 싸여
도도히 흔드는 흥얼거림

덩실덩실 춤추고 계셨네

촛불 / 心田 이재복

탄다고 아실까
아픈 걸 아실까

모르셔도 밤은 왔었고
어두웠던 건 아시리

나 떠났고 슬프다고
님이 아실쯤
해 오르고 어둠 지난 후 일 테지요

떠난 뒤
님은 잊으셔도
타는 몸부림 녹아 흐른 흔적이야 남겠지요
무언의 눈물로 애태운 밤들일랑
제
잊고
모른다
울지도 마세요

매화가 피던 날 / 김일곤

바람의 하얀 뼈를 타고
거친 살갗을 더듬어 가는 길마다
꽃물이 오르고 있다

저토록 허리를 휘며
몸 푸는 소리
세상을 여는 눈을 뜬다

꽃물에 배가 부른 가지마다
꽃문 열고 사운거리는
하얀 햇살의 뿌리들!

겨울바람이 허물을 벗고 간 가지마다
눈꽃처럼 앉아
세상의 마음자리 지키는
저 순백의 간절한 향기
세상의 어둠을 밀어내고 있다

바람의 등에 누워
사랑에 젖고 있다.

당신의 웃음을 살며시 안았더니 / 김일곤

세상에서 가장 아름다운 보석은
사랑하는 이의 웃음입니다

삶이 힘들고 지칠 때면
어머니의 웃음을 마음에 담아보곤 합니다
순간순간 그려지는
사랑하는 이들의 웃음
내 삶의 샘물 같습니다

나를 바라보며 나의 못난 모습까지도
웃음으로 안아주는 이들이 있어
나는 행복합니다

당신의 웃음을 살며시 안았더니
오늘도 당신의 심장이
나의 가슴에서 뜁니다

당신의 웃음을 살며시 안았더니
그것은 행복이었습니다.

■ 김 일 곤 --

전남 구례 출생
광주교육대학교졸업. 전남대학교교육대학원 졸업(석사)
광주. 서광초등학교 교감(현). 교원 지우문예 시 추천완료
한울문학 시 당선으로 등단 , 시향 동인

물안개 / 김일곤

수풀처럼 어둠이 우거진
새벽 강가에서
시린 숨결 한줌 떨구고
갈대로 흔들려야 했다

산빛 물빛 품은 그대여!
오늘은 내 맘마저 가둬주오

하얀 실타래같은 추억 앞에
풀잎울음 울다가
밤새 뒤척이던 그리움이
톡톡 터지듯 물안개로 피어 올라
내 영혼을 장악하고
산허리 휘돌아 소문처럼 간다

메마른 손 내밀어
촉촉한 뺨을 만지는 갈대들과
수면을 박찬 물새떼가 이끌어 가는
가을 강가에서
그리움을 풍경화처럼 그리고 있다.

상사화(相思花) 2 / 김일곤

임 그리워 문 밖에 눈 대고
저리 마음 설레일까

아침마다 햇살을 구르는 이슬이
도망치듯 가고 나면
그늘도 없는 먼 길,
임 기다리는 마음 안타까워라

밤마다 미리내에서
불꽃놀이로 타올랐다가
부서지는 찬란한 허무여!

미풍에도
수줍게 자위하며 앓다가
임 그리는 빈 마음, 노을로 타는가

아, 그리움아 넌
어디쯤 오고 있니?
가슴 아프다
이루지 못한 저 사랑들은.

능소화 / 이설영

선홍빛 우울증마저
터져버린 저녁 하늘에
능소화 빛 애련(哀戀)이
담장 너머로 그리움을 터트립니다

아무도 바라보지 못하게
지독한 사랑의 향 뿌려두고 가신님아

당신의 향기만을
가슴에 안고 살아온 긴 시간들
행복이라 여기며 살아왔건만

갑자기 끊긴
당신의 안부에
두려운 마음 가눌 길 없어
벼랑 끝에선 마음으로
애타게 소식만을 기다립니다

사랑의 수신 안테나가 있다면
내 심장 속 깊이 꽂아두련만

이 야속한 사람아
기다림으로 지새운
새벽 담장 밑에
왜 자꾸 눈물의 詩만 쓰게 하십니까

파장 / 이설영

잔잔했던
마음의 호숫가에
온갖 파장이 인다

죽어도
나가지 않겠다는 듯
오랜 연민의 정 이란
무기를 들고 서 있는 존재와

다 알면서도
들어오려 하는 존재와의
격렬한 다툼이 벌어지고 있다

혼란의 소용돌이 속에서
가슴으로 날아오는 큐피드 화살

맞을 것인가
피할 것인가

과거와 미래의 전쟁 속에
눈시울 적시며
갈등으로 홀로 서 있는 나

회향(廻向) / 이설영

고난이 뿌려지는
삶의 길마다 정성을 놓아
가느다란 희망의 촛불
가슴 안에 밝힌 채

젖은 장작 위로
소망의 불 지피듯
간절한 몸부림
하얀 눈물들이 온통
별이 되어 흩어지는 날

불심의 주파수는
우주를 향하고
긴 밤 지새운
뜨거운 손바닥 사이로
피어오르는 인향(人香)의 꽃

새벽 강을 깨워
여명의 꽃 피우네

■ 이설영 (雪花) --------------------------------------

대전 서구거주, 대전산악정보신문사 詩부분당선
저서 [인연하나 사랑하나]
　　　[내가 여전히 그대를 그리워해도 되겠습니까]
한국오늘의작가모임 (현)사무국장, (현)대전충정지회장
世界문인협회,문학세계 , 들꽃문학회,
월간 시와글사랑문학(연재중), 시향 동인

당신이 오시는 날 / 이설영

삼천년의 약속
지키기 위해 피어난
우담바라의 사랑은 아니더라도

한평생만이라도
백년의 꽃 같은 약속
지킬 수 있는 사람을 만나고 싶다

유혹의 별비 내려앉아도
한결같은 민들레사랑
뜨겁게 가슴에 꽂아 줄
그런 사람을 이제는 만나고 싶다

습관적인 기다림 속에
알알이 맺힌 눈물 떨구면
삶의 시린 모서리들 사이로
그대 걸어오시려나

어딘가에 있을
내 영원한 반쪽이여
그리움 가득 머금고
내게 오시는 날
나는 당신의 가슴에
우담바라 꽃으로 피겠습니다

봄이 가네 / 박순영

봄이 가네
봄은 가네
봄 강 따라 세월 흐르네

붉은 꽃잎 똑똑 따 먹으며 가는
봄
그래 가거라하네

햇살 피는 그리움 저며
입술 퍼렇게 부르터 오는 잎 잎마다
봄날은 가고
생의 흰 꽃 서럽지 아니할 날
내게 다시 있으리까만
풀어 헤친 머릿결 사이 바람 유유하듯 나는
살고파

봄은 가네
봄이 가네
새 소리 놓아
눈물 새 우는 사연 모르고도 봄은 가네

가랑비 / 박순영

하염없이 시름에 잠긴 저
가랑비
왜 이다지 무거운가

하종한 여인 인양
서러워 오르지 못 하는 넋처럼
서릿발 같은 한기를 느낀다

젖고 싶다
허나
어둠이 찌푸리고
가랑비에 퇴박맞은 나는
갈 곳이 없다

춘수모운

나도 여자였구나

■ 박순영 --

　　시인의 향기 – 제 3회 문예대전에 입상
　　시인의 바다 – 제10회 '시와 그림이 있는 풍경'
　　　　　　　　　서울매트로 초청 시화전(2006년 10월)
　　　　　　　　　시향 동인

안개서린 사월의 밤,
라일락 향기는 피어나고 / 박순영

타박타박 걷는 사월의 밤 아래
우연히 만난 라일락
울고 싶도록 반가웠다
무성한 꽃잎을 스쳐 나와
이마를 뜨겁게 짚는 향기의 손끝은 서늘하나
행복을 노래하고 싶은 밤이다

비수처럼 꽂히는 생의 떫은맛에
비정하게 잘려나가는 행복의 음표들
순간 어둠의 나래사이로 흘러나오는
핏물은 선연해

이별도 아닌 외로움처럼 살아내는 게
밤 새 차가운 곡조로 휘몰아
꽃잎을 떨어뜨리고

아, 라일락 향기만 코끝에서
잔인하다
안개 서린 사월의 밤이여

가을이 가고 있다 / 박순영

가을은 모든 것이 짙어 진다
의연한 듯 서 있지만
온몸으로 가을을 앓고 있는
피라칸사스 붉은 열매도
시린 내 가슴으로 뚝뚝 떨어지며
외로운 가을을 노래한다

그렇게 붉게 타오르다
모든 것 버리고
겨울 속으로 바삐 간다

저녁 놀 빈 하늘만 눈에 찬다는
선율이 애달픈 오후의 거리
꺾여지듯 흐르는 시간과
허허로운 나만 남는다

사람사람이 저마다 외치는 목소리
낙엽만 허공에서
외롭다

가고 있는 가을을 들어보자
이 밤 떠나는 낙엽의 등 뒤로

다신 그리워도 찾지 마라 / 이솔

그의 입가에서
빵 부스러기 같은 절망이 떨어졌다
햇살이 눈부셔 감아도 흐르는 눈물을
주섬주섬 챙기며 그녀는
떨어진 절망들을 주워야할까 망설이다
그냥 일어섰다

넌, 절망
터트리질 못할 의무만 안고 있는 분노
혹은 내 속에 웅크리고 있는 모욕이
가장 창피해하는 뻔뻔한 얼굴

지독한 감기 후에 후각이 마비된 탓일까
사마리아 우물가 여인처럼 창피한 낯을
붉힐 줄도 모른다고
거짓된 말로 치장한 혀는 갈증만 나무란다.

아무렇지도 않은 듯
견뎌내고 있는 그를
다신, 그리워도 찾지 마라.

■ 이 솔 ---

　이화여대 국문학과 졸업
　국제문학바탕문협 등단. 시악(詩樂)동인
　한국시사랑문인협회 시낭송작가. 시향 동인
　공저 〈시의 사색 산문의 여유〉〈시와 에세이 2〉

입원 / 이솔

젠장⋯
비는
하염없이, 게다가 줄기차게 줄기차게 퍼 붓는다
번개까지⋯번쩌쩌쩌쩌쩌쩌쩌쩌쩌쩌쩌쩌쩌쩌적
접.속.불.능
아이디나 혹은 비밀번호가
잘못
입력되었습니다

아이디
********로그인...
되돌아가기....

젠장
다시
아이디
******** 로그인..꽈르르르르르르르르르르르르르르릉
칠월 십칠일 7/17,7/17,7/17,7/17,7/17,7/17,7/17
교신 할 수 없는 번쩍임만 쏟아내다.
쏟아내다.쏟아내다.

젠장⋯
그래도
더 강하고,굳세게
되돌아가기.

클렌징을 하며 / 이솔

번질번질 흐르던 유분을 닦아내듯
얼굴에 묻혀 온 바람을 닦아낸다.

스킨, 로션, 에센스,
영양크림 듬뿍,
뽀얀 화운데이션
콤팩트 게다가 볼터치
컬러플한 아이새도, 마스카라
허풍스런 립스틱,
짙게 뿌려진 파우더와 향수
적당한 주름과 잡티조차
참을 수 없어
기미, 주름, 잡티 제거
특수화장품까지
공해로 검게 닫힌
모공까지
훤하게
닦고 벗기고

화장기 없는 얼굴을
낯설게 맞는
귀가의 시간,
거울 속에서
그가 걸어 나와
뜨겁게 악수를 청한다.

중독 / 이솔

얼만큼 쌓여야 아구까지 넘쳐날까
복개천마냥 감쪽같이
가리워진 썩은 내장
길이 없어
토악질로 비워질 순 있는 걸까?

파밭사이 움튼 양귀비를 보았어
열매를 기다리는
겉잡을 수 없는
붉은 눈

어느 것 하나
떼어낼 수가 없어
막막하게 빨아대는 늪마냥
안으로만
탐욕스런 어둠
새까맣게 깔리고
결코 벗어날 수 없는
허우적거릴수록
무성하게 자라
더욱 옭아매는
칡 쿨 닮은
그.

배터리 / 사공우

다
닳아 버렸는가
충전기에 누워
생각해 본다
다시
일상으로
뛰어야 하는
배터리 같은
삶 이여

■ 사공 우(언제나)/ Woo Sagong) ----------------------------

개인전 : 2003 제3회 개인전 (문화예술회관, 대구)
        2001 제2회 개인전 (에스갤러리, 대구)
        1998 제1회 개인전 (에스갤러리, 대구)

단체전 :
2006 한국국제아트페어(코엑스 / 서울)
2005 서울 화랑미술제(예술의 전당 / 서울) ,
청담미술제(갤러리 미 / 서울)

밤새도록 / 사공우

술잔 안에
비가 토닥입니다
한잔 비우니
가슴에도 토닥입니다
내가 비에 젖는 동안
술에 취하는 비
빗물에서
술 냄새가 나는군요

내 안에선
당신 향기가 납니다

구상회화제(시민회관/ 대구) ,
한국국제아트페어 (코엑스 / 서울)
2003, 2004 서울 화랑미술제 (예술의 전당 / 서울)
2002 박여숙 갤러리 기획 음악과의 만남전 (신도리코 문화공간 / 서울)
2001-2004 한국신구상회전 / 대구
1998-2004 미공회전 / 대구
1988 신인작가 데뷔전 (대백갤러리, 대구) , 시향 동인
소속 Mee Gallery 전속 작가 / 서울 강남 청담동

수박 / 사공우

무슨 무슨 꽃들이
순서대로 피고 나서야
까맣게 고랑이고
태어난
보름달만큼 큼직한
넌 최고지
기가 막히지
네 속에
꽃물이 들어있는걸
난 알지
보기만 해도
금방 알지

아픔 / 사공우

신경정신과 휴게실에서
한 환자가 아이스크림 세 개를 산 후
하나는 자신이 또 하나는 친구에게
남은 하나는 TV를 시청하고 있는 사람에게 주었다
사양하는 그에게 아이스크림을 주며
제게 베푼 거에 비하면 백분의 일도 안되거든요
아이스크림을 받은 환자는 반을 뚝 잘라
윗부분은 자신이 먹고
남은 반은 옆의 사람에게 권한다

신이시여
저렇게 착한 사람들에게
왜 아픔을 주시는 지

그대 있음에 / 전소민

하루,
또 하루가 즐겁습니다.
일상의 대화도
그대 목소리에 실으면
시가 되어 가슴을 적십니다.
그리움의 고통도
그대 눈길 속에 머물면
기쁨이 되어 다가옵니다.

마음껏 사랑 할 수 있는
그대가 곁에 있으니
나는 행복한 사람입니다.

세월이 지난만큼 더 흐른다 해도
곁에 있어줄 그대가 있으니
나는 더욱 행복한 사람입니다.

내가 했던 사랑은 / 전소민

한때 아름답게 빛나는
영롱한 보석이었다.
가슴깊이 파고들어
상처로 남은 유리조각
타오르는 장작처럼
온 가슴 다 태워도
희나리처럼 검게 그을린
상처받은 영혼일 뿐
흔적을 밟고선 고독한 삶이
찬바람에 구르는 낙엽이 되었다.

그때 그 시절 그 희망은 / 전소민

가끔은 생생하게
가끔은 희미하게
슬픈 영화의 장면처럼 떠오르는
추억 속의 수채화

겨울이 오면
아버지께서 만들어 주신 눈썰매는
얼어붙은 들판을 달리고
아름다운 첫사랑이 되어준
소년의 채찍 소리 끝으로
팽이는 기절할 듯 악을 쓰며 돌고 돈다.

물동이를 이고 조심스레 발걸음을 옮기던
어머니의 고무신,
치맛자락을 붙잡고
종종걸음으로 따라 다니던
초롱초롱한 눈망울의 소녀를
유난히 사랑했던 아버지

촉망 받던 나의 유년은
한 없이 커지기만 했던
아버지의 기대와 함께
작은 어깨위에 무거운 짐이 되었다.

지금은,
거울에 비치는 반백의 모습
중년이라는 이름으로 불리는

한 여인의 쓸쓸한 미소가 있을 뿐
책갈피에 행운의 네 잎 크로버를
간직하며 희망으로 설레던
야심찬 문학소녀는 어디에도 없다.

그때, 그 시절, 그 희망은,
지금도 누군가의 유년에게 속삭이며
아름다운 추억을 만들고 있겠지

■ 전소민 --

  한울문학 시 부문 등단
  단편소설 위험한외출 발표
  (2004년 한울문학 7호)
  현재:(사)창작문학 예술인 협의회 정회원
  시향 동인, 홈페이지: http://sominpoem.net/

너에게 / 전소민

산허리 돌아 숨 가쁜 고갯길
너를 찾아 천리를 가던 날
고속도로 갓길에 흐드러진
개나리가 곱기도 하더라.

내 모습 쓸쓸해 보일까
조바심 하는 마음 들키지 않으려
봄의 몸짓 활기찬 생동감에
암울했던 기억을 털어냈다.

잠깐의 만남이 가슴을 찢는 듯
통증으로 다가온 사랑이
온 가슴으로 퍼져갈 때
쓸쓸히 돌아서는 뒷모습에
그리움이 묻어나고

차마 못 볼 것 본거 같아
눈을 감고 싶지만
마음속에 흐르는 끈끈한 정
모른다 할 만큼 모질지도 못한 터
지금 모습 그 대로 돌아오라
간절히 기도하는 마음을
전하고 싶다.

비 온 뒤 / 한소원

비 온 뒤 고사리를 꺾으러 산에 가면
작년, 재작년, 그 오랜 세월을 두고
엄마가 내었던 길들이 훤히 보인다
고사리 대를 똑똑 꺾는 순간과 순간
엄마가 일러주시던
세상을 살아가라는 가르침이
고사리처럼 들썩들썩 가슴을 들추며 올라온다
고사리가 뼘씩 자란다는 건 실상은 산이,
대지가 자란다는 것
알아듣지 못할 말로 올 겨울에 돌아가신 엄마가
무어라고 자꾸
일러주시는 큰 말씀 같은 것
비 온 뒤 고사리를 꺾으러 산에 가면
나무 숲 사이사이 가는 빛이
기둥기둥으로 내리고
양 어깨 희고 고운 천상의 날개를 가지신 엄마가
검은 수염 숭숭 다 큰 나를
"아가아가, 우리 이쁜 아가" 하며
두 팔을 인자히 뻗어 오시는….

백목련 / 한소원

가지마다
촛불 시위

꽃 틀 속 손수건
곧 펼쳐질 마술

가만 귀 기울이면 봄의
기지개 소리 요란하고

비둘기 푸드득 피워 올리는 저 백꽃의 일에
저마다 사람들은 경이로움 표하지

눈물
웃음
때로
멀어진 사람들이 돌아오기도 하는

가만 숨죽여 기다리는 일이
기쁨이다가 슬픔이고
아픔이다가 다시 사랑임을 깨닫는 때에
손 올린 심장에서는 그 사람의 발자국 소리가 나지

그 모습 이미
맹세가 되는

누구나 저마다
깊숙이 흐르는

사랑의 강에 뿌리를 두고
한 세상 젖어 살지

피고 지는 우리의 삶이
저 백목련처럼
황홀한 순식간이니
나비처럼 떨어질 때
누구의 눈에서 우리 또 영원을 살까

해마다 봄, 목련 아래 나는
부르지 못하는 이름 하나를 묻어야 했네

■ 한소원 --

　 1974년 2월 8일 강원 정선 태생. 현재 경기도 수원 거주
　 2001.7 시집 '너 없으면 나도 없는 거야' 출간
　 2002.4 시집 '한소원의 슬픈 독백' 출간
　 2003.8 시집 '꽃을 든 남자' 출간

꽃과 벌 / 한소원

나는 꽃들의 사는 법을 모른다
다만 피었을 때 눈에 좋고
사람들이 활짝 웃는 걸 보았다

나는 벌들의 사는 법을 모른다
다만 꽃이 피었을 때 활기찬 날개 짓으로
일렁이는 빛의 수를 보았다

나는 꽃과 벌들의 사는 법칙을 모른다
다만 꽃은 꿀의 꽃잎을 다물지 않고
벌은 독의 침을 놓지 않으며
사람들은 꽃의 나무를 베지 않았다

나는 꽃들의 사는 법을 정말 모른다
말라 비틀어져 버렸을 때
사람들이 멀어져 가는 모습만을 보았을 뿐

나는 벌들의 사는 법을 정말 모른다
꽃이 진 언저리 여왕벌이 날아들고
뒤따라온 수많은 벌들이 감싸는 모습만을 보았을 뿐

나는 꽃과 벌들의 법칙을 정말이지 모른다
꽃씨가 영글고
벌집 속의 애벌레가 꿈꾸며
지는 잎들 사이로
들국화 꽃잎을 적시는 비의 마음만을 보았을 뿐.

해갈 국 / 한소원

1.
이 간판의 [해장국]이란 말에 대해 문득 생각한다.
풋 웃음.

−[해갈 국]으로 읽힘 좋겠다 싶어서.

2.
주문한 일용할 양식이 오고
밥 한술 뜨기 전 먼저 소주병에 손이 간다
누구의 목 한번 비튼 적 없는데
어디서 오는가 이 아구의 힘은.

큼직한 깍두기를 어그적어그적 씹어먹기 전
이리도 쓴 세상,

그 속에서 너를 만났다.

3.
[입가심].

그래,
달콤한 입맞춤 상상하며
치카치카 열심히 칫솔질 하던 시절.
그때를 떠올리며
웃다가 서글퍼지는 이것. 이것은 코믹.

연서 1012 / 박재곤

봄들이. 똑같이 생긴 풀들이 바람에 흔들린다
이러한 길을 무심하게 그냥 지나쳐 가도 되는 걸까

그래. 맞아. 지난 가을에도 그러했었지
똑같이 생긴 은행나무 낙엽들이 바람에 흔들렸지
그 길을 무심하게 그냥 지나쳐 왔었지

그 고마운 존재들에게
그들은 모두 똑같을 거라고 생각하고 말았었지
꼭 그만큼만 관심을 보여 주었다가 거두어 들이면서
무심하게 그냥 지나쳐 왔었지

그런데. 그 풀잎들이. 그 은행나무 낙엽들이
정말 똑같았을까

자세하게 들여다보면 어떠했을까
한번쯤 마음의 현미경으로 바라보면 안 되는 걸까

사람들이 한없이 흔들리면서 스쳐 가고 있다
그들은 서로에게 정말 똑 같은 존재일까

그리고 그대에게 나는. 나에게 그대는
그래서 못 만나는 것일까.

얼지 않는 겨울 길 / 박재곤

나 오늘 아침에
이 세상에서 가장 아름다운 골짜기를 꿈꾸네

겨울 길, 그 차가운 길을 얼지 않게 만드는 것은
사람 밖에 할 수 없음을

겨울 내내 길이 얼지 않으려면
얼마나 많은 사람들이 그 길을 걸어야 할까

그 겨울 내내 길이 얼지 않게 하려고
얼마나 많은 사람들이 제 때에 길을 떠나갔을까

그 겨울 내내 길이 얼지 않게 하려고
얼마나 많은 사람들이 제 자리로 돌아 온 걸까

그 많은 사람들이 만들어 놓은 얼지 않는
겨울 길

그 아름다운 골짜기를 나 오늘 꿈꾸네
사람의 골짜기를 꿈꾸네

바다와 배, 그리고 사랑 / 박재곤

바람을 무서워 지 않는 배는
두고 온 포구를 쉽게 잊게 마련이다
바다를 잘 알지 못하기 때문이다

바람이 있고, 암초가 있는 바다
그 바다에 나가 있는 사람들의 가슴은
언제나 두근거리고
언제나 두고 온 포구를 잊지 않는다
단 한 순간도 잊지 않는다

그러나 바람이 무감각한 바다
암초가 무의미해진 바다의 사람들은
너무 쉽게 포구를 잊는다
너무 쉽게 자신의 가슴 속도
잊게 마련이다

사랑이란 것은 그런 건지도 몰라
적당한 장애물 속에서 가슴이 뛰는 것
세상이 무의미해질수록
시들해지는 것

연서 68 / 박재곤

침묵의 방에 들어가 보게나

그 방 안에서
그대가 아무리 침묵을 지킨다 하여도
그 방의 침묵은
지켜 줄 수 없는 거라네

사랑에 대해
침묵을 맹세한 내 가슴 안에서
그대는 그러하다네.

■ 박재곤   ---

1957.12.16일 서울 후암동에서 출생
1993년 시학사에서 첫시집 [연인의 별] 출판
시향 동인

달맞이 / 정은숙

그럴 줄 누가 알았나요
풀벌레 쓰륵대는 밤
달빛이 하도 고와서
우물마루 끝에
동그마니 앉았다가
저도 모르게 달아올라
정신을 놓았던 거지요
아슬한 속적삼에
달빛 그림자로 내려와
외로 품은 도련님도 까마득히
수줍은 순결을 분탕질하고
멀겋게 살오른 허벅지에
가래톳 돋도록
저 멀리서 회 치며
희뜩희뜩 눈짓하다
달 그물 거두어 가는
별들의 앙큼함이야 그렇다 쳐도
매무시도 못 차리고
까무러치듯 밤이 희게
새벽녘 스러져 가는 달빛
저 달빛

여름은 가고 / 정은숙

가을이 오고 있습니다
마음은 이미
코스모스 핀 들길을 지나
추억을 밟고 있습니다
어리석은 사랑이어서
떠나올 땐 아무것도 남지
않는 줄 알았는데
삶의 뒤편에서 젖어 울었어도
마음껏 사랑할 수 있었기에
행복했습니다
비록 지금은 홀로 가을을 걷지만
그대 곁을 스치던 바람
그대가 보았던 파아란 하늘
내게도 머무니 외롭지 않습니다
사랑이여 고맙습니다.

죽기 전엔 / 정은숙

아끼던 화초 한 그루
한껏 피어났다 맥없이 떠나가더니
그 자리에 이름 모를 잡초 곱게 손을 내밀었다
궂은 여름 장마에도 꿋꿋이 뿌리를 넓히고
가지를 뻗쳐 꽃도 없이 아름답다

그래 너 없이도 살겠다
꽃잎 휘날리던 맹세만이
씨앗으로 남아도
너 없이 살아가는 동안
사랑을 말하지 않겠다
일상의 여느 때처럼
웃고 울고 밥을 먹고 영화를 보고
새벽을 맞겠다
꽃도 없이 피었다가
사랑이란 이름 하나 남기지 못하고
흔적없이 진다 해도
아프다는 말은 않겠다.

석양 / 정은숙

무정세월 넘어간다
사랑도 가고 나도 가고

가슴 한 켠 미련까지
만추에 물들이고

동쪽 기슭 노을 따라
종래는 가도다.

■ 정은숙 --

1966년 경기도 광주 출생
2005년 3월 한맥문학'서리 내린날'외 2편으로 등단
시향 동인
이메일: blackcat616@hanmail.net

고독한 사나이 / 孤郎 朴相賢

한 잔의 포도주로
목을 축이며,
창밖에 쏟아지는
빗줄기에,
나의 고독을 씻어본다

천둥은 하늘에 치고,
빗물은 땅에 내리는데,
내 영혼은 허공을 날아

천둥 비바람 소리에
내 가슴도 같이 울고
고독은,
캄캄한 터널 속에
끝이 없구나

나 홀로
한잔술에 고독을 담아
쓸쓸함 달래 보련만

그리움의
영혼들이 달려들어
이 고독한 사내
마음만 도려내네

어둠 속에 빗줄기는
아직도 쏟아지는데.

세월은 가고 / 孤郎 朴相賢

세월은 가고 계절이 바뀌어
무더운 여름
시원한 바다가 그리워
같이 가고 싶은 님!

내 마음속에 품는다고
내가 간절히 원한다고
다시 돌아오는 사랑이 아닌 것을
세월이 흐르고
계절이 바뀐다고
다시 올 가야 마는

그래도, 내 마음속,
그대 향한 그리움이
너무도 간절해
언제나 가슴을 누르는
고통이요, 아픔입니다

오늘도, 간절한 그대 그리움에
파도가 밀려오는 바닷가로
내 마음은 달려가고

은빛 반짝이는 모래사장
그대와 손잡고 뛰어노는...,.
그런 환상에 빠져들어
나 홀로 한없이 상상의,
내일을 그려 봅니다.

그대와 나 / 孤郎 朴相賢

그대의 아름다운 얼굴
떠오를 때마다 행복한
나의 시간 이였습니다

그대의 글 읽을 때마다
나는 님의 마음속으로
들어가 있곤 합니다

그대의 음악 들을 때마다
나는 상상의 나래를 펴며
환상에 빠져들곤 합니다

그대가 나를 사랑하는 마음
나의 가슴을 더욱 따듯하게 하고
편안하게 만들어 줍니다

그대가 가끔 "사랑합니다"
던지는 그 말이 나를 기쁘게 하고
용기와 희망을 갖게 합니다

그대가 내 곁에 있음에
나의 존재의 의미가 있고
세상 삶에 큰 힘이 됩니다

그대여!
나, 온 힘을 다하여 사랑하고,
당신의 행복한 모습

기쁜 마음으로 보고 싶습니다

그대 위해 쓰는 내 詩 속에
우리의 사랑 노래 부르며
행복을 주고 싶습니다

그대의 모든 슬픔, 내 눈물로,
모두 닦아 드리고 기쁨 가득한
당신 만들어 드리고 싶습니다

아름답고 향기로운 이 세상
모두가 우리의 세상이며
그대와 나의 복음 자리입니다

그대와 나
아름다운 사랑과 영혼입니다.

■ 孤郎 朴相賢 ---

시집 [머나먼 긴 여행]
시향 동인
공저 [시의 향기]

오대산에 올라 / 孤郞 朴相賢

계곡길 따라 굽이굽이
산 위에 올라와 보니
운무(雲霧)는 산자락을
고즈넉이 휘어 감아
여인의 허리를 포근히,
안아 들은듯하고

안개비는 촉촉이,
내 가슴을 적시어오는데
어디선가 들려 오는
산새들 노랫소리
억새풀, 바람결에
으악새 슬픈 울음, 가을!

운무(雲霧)는 산자락에
융단을 깔아 운해(雲海)이뤄
두둥실 구름 타고 훨훨 나니
세상 근심 걱정 모두 없어라

이보다 더 좋은 세상이
또, 어디에 있으러만

산 신령님,
긴 지팡이로 호통치시고
신선(神仙)은,
날 더러 가지 말라 하네
여기에 이 한 몸 내려놓을까.

잡초를 뽑으며 / 이임선

연일 이어지는 장맛비에
손길 닿지 못한 이랑의 잡초는
채소보다 한 뼘 이상 웃자라 있다

틈나는 대로
눈길 마주할 때마다
뽑아낸 잡초지만 여전히 무성하다
정성 드린 채소는
빗물에 뭉그러져 초췌한 얼굴인데
잡초는 햇살을 조롱하듯 푸르다

잡초처럼 살아남을 용기도
채소처럼 뭉그러지지도 못하는
초라한 내 모습은
비갠 오후 햇살에 실루엣이 되고

때 맞춰
콧등을 간지럽히는 실바람이
애살스럽게
미자막 삶을 지탱해 주고 있다.

이탈한 삶에 대한 소묘 / 이임선

간헐적으로 쏟아지는 장맛비가
시나브로 치솟는 역마살이다

예상하지 못한 폭우에
패이고 끊어진 도로처럼
나날이 겹치는 일상도 얽히고 꼬인다

종일토록 시린 하루에 하루를 더하며
깊은 골이 패이고
패인 골만큼 절실한 허기

어디 적절한 시기에
딱 그만큼의 적절함이 가당한 세상인가
생에 이별을 고할 즈음에나
깨달을 내 우둔한 삶에 다하여.

■ 이임선 --

    등단 : 계간 참여문학
    한국문인협회 회원 , 글맛 詩동인 , 시향 동인
    짓거리 詩문학회 회원
    개인시집 : "내 가슴엔 언제나 황색등이 깜박인다 "
    동인시집 : 삶의 자투리 그 조각까지도 외 다수
    다음카페; 도연사랑 글사랑 운영
            (http://cafe.daum.net/sunflower5949)
    email : sunflower5949 @hanmail.net

불혹에서 지천명 사이엔 / 이임선

마흔이 넘으며
지나치면 안 될 일들이 참 많아졌다
젊어서는 생각이 모자란 탓이라며
관용이 주어지던 일들이 이젠
어찌 저 모양이냐고 질책이 따른다

지천명을 향하는 지금
나이만큼의 연륜을 소화하지 못해
만성 체증이 되었다
만병통치의 양약도
동의보감의 민간요법도 효험이 없다

다만
미완성의 분신이 애처로워
마른눈물 삭히는
노모의 해슥한 얼굴이
가슴 시리게 각인되는 건,
정체되지 않는 번민과
그 속에서 표류하는 연민 때문일 거야

마음을 흔들던 바람 / 이임선

온밤의 평화를
불청객이 앗아가 버렸다

고요의 창을 흔들던 바람은
신 새벽까지
격정의 몸짓을 그칠 줄 몰랐다

내게도 그런 날이 있었다
어느 때인가
이별의 편지를 받던 그 날이었지

무딘 펜으로 휘갈긴 문장마다
묻어나는 얼룩은
떠나야만 했던
그의 아픔이었으리라

준비 없던 이별을
서둘러야 했던 그 밤도,
음울한 울음으로 마음을 흔들던 바람이었다.

요요 / 이숙재

보고픔이 더해
영원히 함께 하고픈
그리움 하나

힘껏 던져 탄력을 주어
당겨야만 돌아오는 요요

외로움에 지쳐 몸부림치는
가난한 내 영혼은

떠난 사랑이 그리워서
이리와
다시 돌아오라 부르짖는
간절한
생존을 위한 사랑 입니다

어렵사리 두어번 거슬러
올라오는듯 싶더니
다시 핑그르르 돌면서
맥없이 풀어지고 마는
요요
서글픈 관성 같은 사랑

너무 멀리 있는 그대
아득하고 아련한 절규에
돌아오라는 요요
선채로 마냥 기다립니다.

연보라빛 그리움 / 이숙재

봄은
너무 짧아 오는가 싶으면
성큼성큼 다가오는
여름앞에 물러갈 채비를 한다

가을 늦 새 날렵한
바람의 발자국만이
물결위에 홀연히 흩어지고

연보라빛 그리움 하나
사막의 신기루로
살며시 사라진다

태엽 풀린 시간속에
황홀하게 작열한
불꽃같은 가슴도
멀겋게 꺼져만 간다

갈대의 흔들림은
외로움의 몸짓이라고
바람의 술렁거림만이
나뭇잎 사이로
웅웅거린다.

마네킹의 욕망 / 이숙재

야릇한 형광 불빛 속
화려한 외모의
표정없는 저 여인
이 옷 저 옷 바꿔 가며
한껏 멋을 부려보지만
생각 없는 저 눈빛
무엇을 볼까
온종일 깜 밖임 없는 눈동자
유리창 안
현란한 불빛 속에서
무얼 꿈꾸고 있을까
새장 속에 갇힌 새처럼
훨훨
날아보고픈 마음
나처럼 일탈을 꿈꾸고 있을까.

■ 이숙재 -

1957년 8월 26일생(음) 서울 마포 출생
(현)서울 마포구 도화동 거주
2006년 대한문학세계 봄호 신인문학상(시부분)
대한문학세계 등단
(사)창작문학예술인협의회 정회원
(현)자수공방 경영
이메일 :lisukje@hanmail.net

그곳에 가면 / 이숙재

그곳에 가면
그리운 이가 기다릴 것 같다

반딧불처럼 반짝이며 다가왔다
슬픈 눈망울만을
남겨놓고 떠나간 사람

은은한 녹차 향기처럼 다가왔다
잔잔한 미소만을 남겨놓고
천천히 식어간 사랑

운명처럼 그렇게 다가왔다
가슴에 아픈 통증만
남겨놓고 떠나간 사람

온 세상의 모든 빛을 꺼버린 채
그리움에 달라붙은 추억이라는
형상만을 남겨놓고 떠나간 사람

그곳에 가면
그리운 이를 만날 것 같다.

당신 생각에 눈물이 난다 / 윤기영

이런 날이면 눈물이 난다
내가 힘들고 고독할 때
발걸음이 무거울 때
멈출 수 없는 당신 생각에
눈물이 난다

저 꽃노을 흐름 뒤에
함께 걸었던 삶의 흔적들로
남겨놓은 많은 이야기들이
눈가에 아른거려 눈물이 난다
못다 한 말 가슴에 남은 체온들
만나는 날까지 잊을까
당신 생각에 눈물이 난다.

■ 윤기영 --

현대시선 문예지 발행인
현 / 영화감독 겸 시인 작사가, 현대시선 출판사 편집인
동아TV 시인의 향기 라인 프로듀서,
인터넷 중년의 사랑방 음악방송국 국장
월간 시사문단 등단
시집공저 - 수채화 속에 핀 아름다운 꽃, 그대에게 쓰는 편지
           가을꽃 겨울나무, 일곱 빛깔의 만남
           사랑은 첫사랑 이었다 외 다수
개인시집 - 엄마야 누나야 깡촌에 살자
           행정자치신문 시 발표, 스카이방송 시 다수 발표

보고파 눈물이 난다 / 윤기영

인생은 눈물이었나 보다
당신 걸던 길
낙엽지다 돌아 선 길
눈물 잠들 수 없어
눈물이라 부르는가 보다

석양이 물든 그림자 거쳐
꺾인 시간 속에
철없던 웃음 버리고
보고픔 감고 있어 아픈 거야
당신 가르침 속에
흔적 안은 구겨진 나날들
상상에서 벗어나지 못해
버려지지 않아
눈물겹도록 보고파지는 거야.

두렵지 않은 사랑 / 윤기영

두렵지 않아요
이보다 더 큰
끝은 두렵지 않아요
그대 간직하고 있기에

응답 없는 기다림
안개타고 밀려와
보고파질 때면
서러워질 때면
마르지 않는 눈물샘이었어

꽃이 피었다 시들어 가는
몸부림 앞에
사랑해 줄 사람 없는 이유
두렵지 않아
그대 가슴에 있으니까.

수신 없는 편지 / 윤기영

처음부터 믿지 않았어
볼 수도 느낄 수도 없는
떠난 자리만
기다리고 있었어

별을 보며 말했어
기다리는 시간이 너무 멀다고
우주 공간은 너무 크다고
참다 참다 울기만 했어
전파 속에 사연적어
위성에 날려 보냈지
사연 전하고 올 줄 알았는데
돌아온 메시지는 요금통지서였어.

동백꽃 / 대안 박장락

북풍한설 밀어내고
목구멍이 찢어져라
피멍든 꽃술을
게워내고 또 게워내
먼저 피겠다고 아우성이다

시간과 공간을 털어버리고
끊어짐 없이
모질게 살아온 세월의 흔적
서러움에 떨고 있는
붉은 입술 가로 흐르는
여인의 눈물을 보았다

피접된 손등 위로
떨어지는 회개(悔改)의 몸부림,
실핏줄은 터지고 터져
객혈(喀血)로 몸부림치다
붉은 석양의 하혈(下血)을 토하며
한 생애가 다 썩도록
해원(解冤)의 눈물 흘리다
등걸 불 무덤의 홍수를 이룬다.

겨울소묘(素描) / 대안 박장락

춘몽(春夢)을 그리려고
높바람 등에 업고

흐르듯 머물듯이
앙다문 여린 생명

엄동(嚴冬)의
북풍한설에
울고 섰는 삶이여!

■ 대안 박장락 --------------------------------------

　　1960년생. 본적/경북 영양군, 거주지/경북 안동시 송현동
　　2005년 9월 문학21 등단,
　　2004년 11월 한국 인도대사 문학교류상 수상
　　아람문학 편집위원,감사위원,부회장, 달마문학 편집위원
　　서울문학 동인 , 시혼의 숲 동인 , 한민족 작가회 회원
　　한울문학 문인협회 회원(동인) ,
　　한국문인협회 안동지부 안동문학회 회원
　　한국문인협회 영양지부 영양문학회 회원
　　[첫 시집 그대가 그리운 날에는]
　　[그리움은 파도처럼/2004년,2005년 공저] [시인의 고향 공저]
　　[각,월간지,계간지 100여편 수록]
　　[한울문학,문예사조 이달의 시인으로 선정]
　　[대구일보 겨울산 특집시 "겨울산의 몽상" 게재]
　　[오마이 뉴스 가을시 "만산홍엽 게재]
　　[안동 예술제 시화전 출품/2005~2006년]
　　[대구 북부시립도서관 초청.시화전/2006년 9월]
　　[서울 대학로 초청 시화전/2005년6월]

고독한 하루 2 / 대안 박장락

오늘도
명주실 타래처럼 얽히고설킨
좌절과 미련의 허상들이
고독한 영혼을 짓누르고
하루의 삶에 힘겨워 하는 나는
절망의 늪에서 허우적거린다

숱한 시간을 돌이켜 보면
세상을 탓할 수 없는 현실 속에서
나 자신을 원망하고, 죽여가며
고뇌하는 고독한 하루

한잔의 (毒酒)독주를 마시며
더 이상 좌절할 수 없어
지친 (肉身)육신을 일으켜
희망의 나래를 꿈꿔야 하겠지

고독은
결국 자신과의 싸움인 것을.

■ 대안 박장락 홈페이지 ------------------------------

(http://pjr7745.com.ne.kr)(http://www.recitepoem.com)
(http://www.daegazzimdak.com/)
(http://blog.naver.com/pjr7745.do)
(http://cafe.daum.net/sisesang7745)

그대 그리운 별 / 대안 박장락

그대 사랑할 때
별이 되고 싶어라

하늘에서 이슬 머금은 별
유난히 반짝이지 않는 그리움의 별

사랑 하나로 별이 되고
그리움 하나로 별이 되고
바람이 될 수 있다는 걸
그대는 아시려나

그대 사랑하면 외로움으로
허공중에 표류한다는 걸

그대 사랑할 때
외로운 별이 되고
바람이 되어도

온몸에
눈물 머금어 이슬 되어도
맺힐 수 없고
반짝일 수 없다는 걸
그리운 그대는 아시려나

차마 바람이 되고
별이 될 수 없다는 걸
그대는 아시려나.

너무 멋진 날 / 신 소피아

가을을 타는 여자
결 고운 동양 자수처럼
반짝이는 별로 수놓던 밤
영롱한 빛깔이 하도 이뻐
입맞춤 하고 싶었지

내게 온 소중한 인연의 덫
달콤한 설렘의 만남이
보고픔의 무게로
허리가 휘어지도록
얼싸 안고 눈시울 적시며

인생은 더 없이 아름다워
시월의 향기를 뜨겁게 달구니
가을의 서정
억새풀 숲 사이로
햇살에 영글어 버린 행복
축복의 잔이 넘친다

노을 같은 고운 단풍
수줍은 새악시 볼 마냥
수채화의 한 폭을 펼치고
그대 내게로 와서 꿈같던
가을이 무르익어 가던 그날.

가을 편지 / 신 소피아

휘엉청 밝은 보름달은
살짝이 내 가슴속을 파고들고
그대를 생각하면
행복한 여인이 되어
기쁨의 파도를 타며
밤 새워 가을의 편지를 쓴다.

눈물나게 불러보고 싶은
이름 석자위에
내 마음을 담아
순한 향기의 차(茶)를 떨구니
짙은 그리움의 빛깔로 물든다.

어스름 달빛엔
진한 사랑을 간직한 채
보드라운 숨결로 쓰는
마음의 편지는
기다림의 시작과 끝의
새하얀 여백의 문풍지를
메꾸어 나가는 시가 된다.

■ 신 소피아 --

　　서일 대학교 졸업. Shelton 대학교 (성경 문학과) 졸업
　　Golden Gate 미국 남 침례교 신학대학원(목회학. 기독교 교육학석사)
　　졸업
　　Fuller 신학대학원 선교 목회학 박사 과정 수학
　　Golden Gate 신학대학원 분교 CLD(새 시대 평신도 지도자 신학교) 강사 역임
　　미주 기독교 방송 "새롭게 하소서" 출연

무지개의 흔적 / 신 소피아

그대를 향한 마음
고운 햇살을 타고
잔잔히 흐르니

출렁이던 애정이
해오름에 열리고
밝은 입술을 훔친
무지개 빛 자국

안절부절
심장 뛰는 고동소리에
깊은 잠을 쓸어내린 밤

헤즐럿 향을 피우며
그대 안에 채색되어 가는
흔들리는 숨결
참느라 오금이 저렸다.

한국 월간 [문예사조] 신인 문학상 수상 / 등단 : 2005년 10월
시향 동인
현 한인교회 교사 교육 세미나 강사
현 미국 California에 있는 Plumfield School 유치원 교사
현 훌러(Fuller) 신학대학원 선교 목회학 박사 과정
현 KPAA 재미 시인 협회 회원

사랑은 그렇게 나를 휘감는다 / 신 소피아

보고픔 하나
그리움 둘은
석류 알 보다 더 붉게 타 오른다

환영 속에 질주하는 몸부림
처절한 불덩이
절제 할 수 없이 쏟아진다

핏발선 눈동자
애절히 부르는 소리
한 줄기 외로운 빛
피어올라 헤메이고

몰래 꺼내 보는
추억의 한 토막
아린 통증으로 요동칠 때
허전함을 채우려
치노힐 산모퉁이를 돌아 온 바람
중독 된 향이 부드럽게 감싸 안는다.

(치노힐: 우리집 뒷산 이름)

한 사람을 사랑하는 일 / 박소향

번개처럼 빠르게 울리는 숨소리를
하루에도 몇번씩 마른침 삼키며 참아내는 일

쓸어내린 체온의 뜨거운 뚜껑을 열어
럼주보다 독한 그리움의 취기를 시음하는 일

한 쪽 뇌에 박혀버린 오만의 환상에 익숙해 져
무뎌진 성감대에 적응하는 일

마비된 이성 뒤에 굶주린 촉각을 곤두세우고
보이지 않는 얼굴을 대신하여 환각의 하루를 사는 일

영원히 소용돌이칠 육중한 온혈(溫血)의 입구에서
한 사람을 사랑하는 일

그 일

저녁의 새 / 박소향

사월을 흔들며 돌아오는
푸른 계곡의 바람이
눈시울 적실 틈도 없이
땅 속 볍씨를 일으켜 세운다

빈 집을 털던 비둘기 한 떼
허기진 젊음을 인 채
후닥닥 자리를 옮기고

둥그런 해가 덥석
새의 먹이를 물고 사라진
붉은 저녁의 뒤안길

퇴근길이면 더 출출한
그 생의 등 뒤에서
나도 한 마리
배고픈 저녁 새가 된다

물오른 꽃들이
제 생을 자랑하는 높은 담장 곁으로
까마득한 어둠을 몰고 달려드는
묵은 세월의 이끼 떼

아무렇지 않다는 듯
봄은 자꾸 오는데
까짓것
나도 그만 아무렇지 않으련다

가을은 다 그렇다 / 박소향

빛바랜 남자의
텅 빈 가슴처럼
오래된 상처에서도
가을은 충분히 흔들거리나니

어느 마지막 역에서
일어서지 못하는 그 여자의
무거운 그림자처럼
몇 방울의 눈물로도
가을은 또 잊지 못할 몸살기 나니

달빛 여문 차창 밖으로
뚝 뚝 떨어지는 한 심장

누군가는 남아
떠난 흔적을 기억해야 하는
커다란 자리
다 하지 못한 인연의
무정한 저 색채

모든 걸 잃어버려
더 이상 내가 아닌
그럴듯한 이유에도

아무 할 말이 없는
가을은
다 그렇다

내가 남은 자리 / 박소향

터 엉
빈 껍질 속에 내려앉은
황홀한
낙하落下의 말들

새처럼 가벼워져
나도
거기 있을까

낙엽의 흔적이
고운 시 한 잎 물고 와
내 안에서 꿈틀 하네

■ 박소향 --

박 소향 시인/수필가
세계 한민족 작가연합 회원, 시향 동인
한국 시사랑 문인협회 회원, 시사랑 동인
대한 문인협회 회원, 한국 문인협회 안산지부 회원
문학바탕 문인협회 회원, 윤동주 문학사상 선양회 회원,
2001년 시집 [바보가 되어도 좋았습니다 그대를 사랑할 때만큼은]
2006년 시집 [소향, 그 마르지 않는 눈물]
공저 : 독도사화집 [독도에게서 온 편지] [시와 에세이 2]
시사랑 주최 대전시청 시화전, 대덕 문예회관 시화전,
경필 필백화점 시화전
다음 문학 카페 : "시향" [http://cafe.daum.net/sohyang21] 운영중

풀잎의 미소 / 김창규

직사광선으로 풀빛을 비추면
영롱함이 하늘에 닿아
풀빛의 미소가 탄생하지요.

햇살을 바라보다가
구름의 찢어진 입을 보았듯이
풀빛이 춤추는 산을 보다가
안개의 배꼽을 보았어요.

사랑의 느낌처럼
설레는 맘으로 하루를 살고 있는
산하에 묻힌 시간
햇살마저 산산이 부서져 계곡 이루고
신선마저 놀라 생긴 무릉
내 마음 늘 그곳에 묻혀있고
오늘도 마음의 발길이 그곳을 향하네.

여기저기 처녀 발에 신긴 고운 신처럼
어여쁜 야생화가 피어나고
밤낮으로 사랑을 나누는
이슬과 풀잎의 사랑이 넘쳐나니
새들과 뭇 짐승들도
덩달아 사랑싸움 가세하는
고저 아름다운 산하.

먼 산을 바라보듯이 / 김창규

삶의 버거운 짐을
벗어 놓고 길을 갈 수 있으면
쉽게 목적지에
다다를 수 있겠지만
목적지에 도착하여
허탈함에 빠진다면
지나온 길조차
헛걸음이 되리라.

힘들고 지칠 때
먼 산을 바라보며
굵은 땀을 팔뚝으로 훔치고
가빠오는 호흡을
참고 견디면
뒷짐 가득
뿌듯함에 미소 짓는
삶의 보람 있을지라.

얽히고설킨 세상사
풀어놓고 보면
즐거움일지니
실을 풀어놓은 만큼
연은 높이 나르고
긍정적으로 생각하는 만큼
희망은 바람을 타고 즐길지라

눈앞의 이득에만 열심 하면
더 큰 이득을 얻을 수 없고
삶에 옹졸하면
자신의 모습이 작아질 것이며
당신의 움막엔
작은 사람들만
찾아올 것이니
오늘부터라도
그림을 크게 그리려 노력하자.

■ 김창규 --

전 현대중공업 근무, 현 국회의원 비서관
2005년 6월 한울문학 신인문학상 수상
한울문인협회 회원
한울문학(노을빛 풍경) 동인지

기다림 / 김창규

겨울을 이겨 낸 들녘은
봄을 맞으러 산으로 오르지 않는다.
다만, 아지랑이 풀어
추위를 이기고
살랑살랑 춤추는 나비를 풀어
 축제를 준비할 뿐.
밥 뜸 들이는 어머니처럼
오랜 세월을 통해 몸소 익힌
기다림의 진리를 알기 때문이다.
기다림도 완숙해야
기다림의 목적이 아름답게 달성되는 거
설익은 밥을 경험해 본 어머니와
시샘 추위에 수족 같은
 꽃잎을 잃어 본 경험이 있는 들녘은
봄을 맞으러 산으로 가지 않는다.
.봄이 찾아오면 입김을 풀어
대지를 일깨워 제 모습을 드러낼 뿐이다.
초롱한 색으로 태어날 뿐이다.

물비늘 / 김창규

싱싱한 아침 햇살에
여울목 물비늘 태어나
은빛 찬란한 웃음 웃는다.

망망한 하늘을 주유하며
천지를 비추고
석양으로 태어나면
물비늘도 덩달아
황금빛 비늘로 춤춘다.

모든 세상의 이치가
나름의 색채로 존재하는 것

모든 세상의 이치에
조화가 존재하는 것

그 조화로움을
아름답게 바라보는 시야를 가지는 건
생을 그렇게 만들어 가는 것

물비늘 하늘하늘 춤추듯
가볍게 마음을 풀어
춤추게 하면 세상도 따라 춤춘다.

타래를 품만큼 연이 날 듯
어려움을 풀면 생은 미소 짓는다.
여울의 물비늘처럼.

시향 동인 사화집 [시의 향기]발간을 축하하면서

시에도 떠받치는 힘이 있습니다
꽃봉오리가 자신을 터트리며 세상에게 말을 시키듯
자신이 정화되었을 때의 언어 그 뜨거운 것들을
쏟아내는 힘, 그 힘으로 세상과 내통하는 것이
문학의 위로가 아닐까요.

시향의 문을 연지 6년, 그간 오프라인에서의 만남이
단 한번도 없었기에 조금은 섭섭하고 송구스런 마음을
이렇게 한 권의 시집으로 꾸며
감사를 대신해 보고자 했습니다.

각기 다른 모습의 사람들을 하나로 뭉치게 하는 시의 힘
가을이면 더 깊고 오묘해지는 우리들의 오감이
이 한 편의 아름다운 시들로 더 풍성한 열매 맺기를 바라며
시향과 함께 해 주신 시인님들과 많은 시향님들,
그리고 운영진께 이 감사를 돌립니다.

너무나 익숙한 그러나 너무나 익숙하지 않은
이 부드러운 힘에게 우리의 발목을 잡히는
아름다운 계절이 되기를 바라며

"시향 동인 사화집" [시의 향기]가
문학으로 아름다운 향기가 되기를 소망해 봅니다.

                                    2006년 9월 박 소향